Das Buch

Sein Name ist Bondar. Josif Bondar!
Der Ex-KGB-Agent und Afghanistan-Veteran will eigentlich seine Ruhe haben. In seiner Privatdetektei im Multikultiviertel Köln-Mülheim spielt Josif lieber mit dem Taxifahrer Ahmet Backgammon, als bei Schwarzgeldübergaben Schmiere zu stehen oder untreue Ehemänner zu beschatten. Genau das verlangt nun aber seine Exgeliebte Heidi von ihm, und ihr Mann ist ausgerechnet der russische Pate Jurij. Gleichzeitig wird Josif in einen heiklen Fall in der Kölner Theaterszene verwickelt, der ihm alles an Charme und Chuzpe abverlangt. Als dann auch noch seine Freundin, die Hauptkommissarin Judith Wendel, im selben Milieu ermittelt, stehen beide vor der größten Herausforderung ihres Lebens.
Rasantes Tempo, pointierte Dialoge und skurrile Charaktere machen diese Story zu einem einzigartigen Krimi, den man nicht wieder aus der Hand legen möchte. Zum Glück ist der nächste schon in Arbeit.

Der Autor

Mark Zak wurde 1959 in Lemberg (Ex-UdSSR) geboren, wuchs in Odessa auf und wanderte mit seiner Familie 1974 nach Deutschland aus. Von 1977 bis 1980 besuchte er in Köln die Schauspielschule. Seit 1995 arbeitet er hauptsächlich als Filmschauspieler und hat in mehr als 100 nationalen und internationalen Produktionen mitgewirkt, darunter »Der Mann mit dem Fagott« von M. Alexandre, »Bang Boom Bang« und »Goldene Zeiten« von P. Thorwarth, »Sperling und der brennende Arm« und »Hotte im Paradies« von D. Graf, zahlreiche Tatorte.
»Glaube, Liebe, Mafia« ist sein erster Kriminalroman.

KiWi
PAPERBACK
1317

MARK ZAK

GLAUBE LIEBE MAFIA

EIN FALL FÜR
JOSIF BONDAR

Unverkäufliches,
unkorrigiertes
Arbeitsexemplar

Sperrfrist: Bitte nicht vor dem 14.2.2013 besprechen.

Kiepenheuer
& Witsch

MIX
Papier aus verantwortungsvollen Quellen
FSC® C083411
FSC www.fsc.org

Verlag Kiepenheuer & Witsch, FSC® N001512

1. Auflage 2013

Umschlaggestaltung: Barbara Thoben, Köln
Umschlagmotiv: © Andy Crawford / Getty Images (Auto); Ronan Pénavaire – Fotolia.com (Pistole)
Autorenfoto: © Holger Borggrefe
Gesetzt aus der Stempel Garamond und der Lucida Sans Typewriter
Satz: Buch-Werkstatt GmbH, Bad Aibling
Druck und Bindung: CPI – Clausen & Bosse, Leck
ISBN 978-3-462-04504-8

Die Gesetze sind dazu da, umgangen zu werden.
– Sowjetisches Sprichwort –

I

1

Tayfun fiel vor Staunen der Joint aus dem Mund, was bei den vier anderen Jungs, die wie er an der Hauswand lehnten, für hämisches Gelächter sorgte. Es war weniger der offene pinkfarbene Lamborghini mit Düsseldorfer Kennzeichen, der nun schon zum dritten Mal die Keupstraße in Köln-Mülheim langsam auf und ab fuhr, sondern eher die »Füllung«, die für die ungläubigen Blicke der Jungs sorgte. Am Steuer saß eine bildhübsche Blondine in einem weißen Nerzjäckchen, die wie eine Zwillingsschwester dem Model glich, das von allen Werbeflächen in Köln für die Möbelhauskette Pechstein warb.

»Das ist sie, da wett ich meinen Schwanz drauf«, sagte Tayfun. Keiner wettete dagegen.

Heidi Golub war unglücklich. Weil sie keinen Parkplatz fand, weil der CD-Player auf der Fahrt schon wieder kaputt gegangen war und weil sie sich ungeliebt und einsam fühlte.

Im Radio lief die Welle Köln:

»Am Samstag findet im Sülzer Theaterhaus die Premiere des umstrittenen Stücks ›Jesus und seine Jünger‹ von Sheldon Friedman statt. In dem Theaterstück werden Jesus und seine Jünger als schwule Kommune in die heutige Zeit versetzt. Christliche Organisationen haben bereits Proteste angekündigt …«

Endlich ein Parkplatz! Sie wartete geduldig, bis eine Frau mit Kopftuch die junge Fahrerin, vermutlich ihre Tochter, mit viel Geschrei und Gestikulieren aus der riesigen Parklücke hinausgewunken hatte. Die Frau stieg in das Auto, stieg gleich wieder aus und lief aufgeregt in den gegenüberliegenden Gemüseladen. Sie kehrte glücklich mit einer vergessenen Tüte zurück und stieg zum zweiten Mal in den Wagen, der dann endlich wegfuhr. Heidi parkte schnell und geschickt ein, was von Tayfun und seinen Kumpeln mit einer gewissen Anerkennung registriert wurde.

Sie war noch nie hier bei Josif gewesen, hatte ihn seit mehreren Jahren gar nicht gesehen, nur ab und zu mit ihm telefoniert. Heidi schaute noch mal auf ihr iPhone, um die Hausnummer zu vergleichen. Hier musste es sein. Ein heruntergekommener Altbau. Im kleinen Hinterhof hängte eine Frau mit geblümtem Kopftuch Wäsche ab, ein kleines Mädchen half ihr dabei. Vier Männer schleppten laut stöhnend einen gusseisernen Kohleofen zur Straße, zwei kleine Jungs sprangen mit Wasserpumpguns herum, schossen wild um sich und schrien »Allah Akbar«, wenn sie getroffen wurden und sterben mussten.

Auf der rechten Seite des Hinterhauses befand sich

ein kleiner Anbau. Ein winziges Schild an der angelehnten Tür verriet Heidi, dass sie hier richtig war: »Privatdetektiv Josif Bondar«. Keine Klingel. Heidi klopfte, wartete kurz ab und trat ein.

Eine junge Frau, wohl Josifs Sekretärin, saß links von der Tür am Schreibtisch hinter einem großen Bildschirm. Heidi sah nur ihren Kopf, langes kastanienbraunes Haar, schmales intelligentes Gesicht, große Brille.

»Hallo, mein Name ist Golub. Ich bin mit Josif verabredet.«

»Guten Tag, Frau Golub. Herr Bondar ist noch in einer Besprechung. Dauert nicht mehr lang. Nehmen Sie bitte Platz.«

Heidi schaute sich um. An der Wand gegenüber standen ein schwarzes Ledersofa und zwei Sessel, die, wären sie Menschen, sicher mindestens Pflegestufe zwei beantragen könnten, dazu ein kleiner runder Tisch mit einem Aschenbecher. Rechts führte eine Tür in ein weiteres Zimmer, aus dem undeutlich Stimmen zu hören waren. Heidi setzte sich auf das Sofa und zündete sich eine Zigarette an. In dem großen quadratischen Aschenbecher las sie die Inschrift: »Die eine Hälfte der Menschheit stirbt am Rauchen, die andere Hälfte stirbt ohne«.

»Blöder Spruch«, dachte Heidi, »könnte von Josif sein.«

2

Im anderen Zimmer, einer spartanisch eingerichteten Wohnküche, in der nur eine riesige italienische Espressomaschine etwas Glanz verbreitete, saß Josif Bondar an einem kleinen runden Holztisch und spielte wieder mal Backgammon mit seinem Nachbarn Ahmet. Sie spielten ums Autowaschen. Der Verlierer musste dem Sieger den Wagen waschen. Es war nicht ganz gerecht. Denn Josif putzte seinen Lada nie, Ahmets Benz dagegen war immer auf Hochglanz poliert. Ahmet war Taxiunternehmer. Sein Fuhrpark bestand aus einem einzigen auf Pump gekauften Wagen, der auch nur von ihm selbst an sechs Tagen die Woche jeweils zwölf Stunden gefahren wurde. Vor 30 Jahren war Ahmet als Dreijähriger nach Köln gekommen und sprach mit einem unverwechselbaren kölsch-türkischen Akzent.

Gerade war er ziemlich aufgebracht und vergaß zu würfeln:

»Sie wollten mir sogar meinen Taxischein wegnehmen!«

Sein pechschwarzer Riesenschnäuzer bebte vor Empörung.

»Nur weil du einen Fahrgast rausgesetzt hast?«

»Das war kein Fahrgast, das war eine rassistische Blondine aus dem Osten.«

»Woher weißt du, dass sie aus dem Osten war?«

»Ist doch logisch: weil sie den Flug nach Leipzig kriegen wollte und so ein Sächsisch gesprochen hat, dass ich Kopfschmerzen bekam. Josif, du weißt, für mich sind alle Menschen gleich, die einzigen, die ich jetzt hasse, sind Rassisten und Sachsen.«

»Was ist denn passiert?«

Josif warf einen Sechserpasch und gewann schon wieder. Doch Ahmet war es egal. Er hätte sich eher unwohl gefühlt, wenn der fast 20 Jahre ältere Josif ihm seinen Wagen hätte sauber machen müssen. Ahmet warf sich in Erzählerpose.

»Also, pass auf. Sie steht am Eigelstein, abends, kalt, Regen, in ihrem Dominakostüm, es war ja an Karneval. Ich lass sie einsteigen und fahr sie zum Flughafen, wir kommen ins Gespräch, wo kommst du her und so weiter. Sagt sie: ›Ich hatte auch mal einen türkischen Freund.‹ ›Schön‹, sag ich, ›wie lang wart ihr denn zusammen?‹ ›Eine Nacht‹, sagt sie. ›Ach so‹, sag ich, ›und, war es schön?‹ Sagt sie: ›Ich wusste ja, dass man euch Türken beschneidet, aber dass es gleich so viel ist, hätte ich nicht gedacht.‹«

»Oh … und da hast du die Nerven verloren?«

»Nein. Überhaupt nicht. Ich bin ganz cool geblieben. Ich hab sie nur rausgesetzt an einer Nothaltebucht an der Autobahn.«

»Im Dunkeln, im Regen, im Dominakostüm?«

»Was hättest du denn gemacht?«

3

Gabriel Sandini saß in der zweiten Reihe im Zuschauerraum seines Theaters und schaute gequält auf die Bühne.

Es war der letzte Durchlauf vor der Generalprobe, und was er sah, erinnerte ihn an einen alten Witz. Sagt der Regisseur zu den Schauspielern: Spielt, wie ihr noch nie gespielt habt! Und sie spielten, als hätten sie noch nie gespielt.

Sandinis hageres, fein geschnittenes Gesicht war ein einziger Krampf, nervös strich er sich durch das schulterlange graue Haar. Die Regieassistentin Anna Hiller, eine smarte junge Frau mit kurzen blonden Haaren und knabenhafter Figur, saß neben ihm und schrieb eine SMS auf ihrem Handy.

Auf der Bühne wurde das »Abendmahl« gegeben, ein Höhepunkt der neutestamentarischen Überlieferung und der Sülzer Theaterhausinszenierung. Die zwölf Apostel, die in diesem Fall schwule kalifornische Aussteiger waren, saßen in der bekannten Reihenfolge am Tisch.

JESUS: Einer unter euch wird mich verraten.
PETRUS: Ich werde dich niemals verraten!
JESUS: In dieser Nacht, ehe der Hahn kräht,
wirst du mich drei Mal verleugnen.
PETRUS: Auch wenn ich sterben müsste,
ich werde dich niemals verraten.

JUDAS (kauend, ohne Jesus anzuschauen): Auch ich werde dich niemals verraten.

Sandini hielt es nicht mehr aus.

»Mann! Manfred! Verdammte Scheiße! Du sollst dabei nicht kauen! Und sieh Jesus an, wenn du mit ihm sprichst, auch wenn du Judas bist! Wir wollen dir glauben. Ich hab das Gefühl, du erschlägst ihn gleich. Und du, Petrus, bist hier nicht bei einer Travestieshow. Spiel nicht so tuntig.«

»Aber wir sind doch alle schwul … ich meine, im Stück.«

»Ja, gerade deshalb muss man ja nicht so drauf rumreiten. Weniger ist mehr, glaub mir.«

Anna Hiller hob die Hand.

»Ich muss jetzt auch was sagen.«

»Jetzt nicht, später!«, blaffte Sandini.

»Doch, genau jetzt«, widersprach Anna. Sie stand auf und ging zum Ausgang.

»Ich muss sofort nach Hause, den Babysitter ablösen. Max hat hohes Fieber. Wir sehen uns morgen.«

»Na dann geh halt! So, wir steigen noch mal ein.«

Der Jesus-Darsteller schaute ihr besorgt hinterher.

JESUS: Einer unter euch wird mich verraten …

4

»Von Jahr zu Jahr jünger! Siehst wie immer blendend aus.«

Josif umarmte Heidi. Ahmet, der sie bei ihrer Allgegenwart im Kölner Stadtbild erkannt haben musste, schlich ehrfürchtig, als wäre sie ein seltenes Museumsexponat, um sie herum und verschwand nach draußen.

»Magst du einen Kaffee?«

»Danke, gern.«

»Silvia, machst du uns bitte einen Cappuccino und einen Espresso?«

Heidi hörte, wie die Sekretärin hinter ihr aufstand und in die Küche ging. Heidi und Josif setzten sich.

»Was führt dich zu mir, Heidi?«

»Jurij betrügt mich.«

Diese Information schien Josif nicht aus dem Gleichgewicht zu bringen.

»Denkst du oder weißt du?«

Heidi holte ihr iPhone aus der Tasche.

»Das habe ich gestern aufgenommen. Die Tür war zugefallen, er dachte, ich wäre rausgegangen, dabei stand ich noch im Flur.«

Sie ließ die Tonaufnahme laufen. Josif hörte Jurij telefonieren:

»Wenn ich nur an dich denke, wird er hart wie Kanone von sowjetische Panzer … Tut noch weh, ist aber schön … Nein … Kein Grund zur Eifersucht, da läuft seit Wochen nix mehr … Nee, sie war nicht Miss Düsseldorf, sie war Miss Düren, und das vor gefühlten 30 Jahren. Ich kann nicht mehr mit ihr, Kanone macht nicht mehr piff, paff ... Ab Montag bin ich ein paar Wochen verreist. Wenn ich zurück bin, komm ich nach Köln, sehen wir uns auf dem Sofa.«

»Stimmt das?«

Heidi steckte das Handy wieder ein.

»Stimmt was? Kanone hart wie sowjetischer Panzer?«

»Seit Wochen kein Sex?«

»Josif, ich hatte eigentlich nicht vor, mit dir über mein Sexualleben zu reden.«

»Nein? Mit Freunden kann man doch über alles reden.«

Heidi hatte Josif vor 14 Jahren kennengelernt. Damals war sie 22, hatte gerade ihr BWL-Studium abgebrochen und jobbte als Model. Josif, damals Mitte 30, war Chef des Sicherheitsdienstes bei der Düsseldorfer Modemesse. Für ein halbes Jahr waren sie ein Paar gewesen. Sie war fasziniert von seiner Männlichkeit, seinem undurchschaubaren Wesen, von der einzigartigen Mischung aus Verschlossenheit und Geselligkeit, Humor und Melancholie. Er genoss es, von einer außergewöhnlich schönen jungen Frau bewundert und begehrt zu werden. Doch bald begann er sich mit ihr zu langweilen. Gemeinsame Interessen gab es keine. Er stellte sie Jurij vor, einem Ex-KGB-Kollegen, der schon damals in alle möglichen, selten legalen Geschäfte verwickelt war und sich damit ein kleines Imperium aufgebaut hatte. Heidi war in bescheidenen Verhältnissen aufgewachsen und für Luxus und Dolce Vita mehr als anfällig. Kurze Zeit später heiratete sie Jurij.

Silvia brachte den Kaffee. Erst jetzt sah Heidi, dass die Sekretärin vollkommen nackt war. Sie schaute Josif verwundert an:

»Störe ich gerade?«

»Nein, nein«, sagte Josif und wandte sich väterlich-autoritär an Silvia. »Zieh dich bitte an, Silvia. Hast du die Therapie wieder abgebrochen?«

»Nein, Doktor Buchs ist im Urlaub.« Sie stellte die Tassen ab und verschwand in der Küche, warf aber vorher noch einen missbilligenden Blick auf Heidis Nerz.

»Ihr Exhibitionismus ist schwer pathologisch«, sagte Josif und rührte drei Löffel Zucker in seinen Espresso.

»Ich bin der Einzige, der sie noch nicht gefeuert hat. Sie schreibt seit Jahren ihre Doktorarbeit in Ethnologie, irgendwas über die Ureinwohner Brasiliens. Kann einem wirklich leidtun.«

»O ja, ich weine gleich.«

Heidi zündete sich die nächste Zigarette an.

»Wie kann ich dir helfen, Heidi?«

»Ich will, dass du ihn überführst.«

»Wozu? Willst du die Scheidung?«

»Ja.«

»Gut.«

»Was würde es kosten?«

»Normal oder für dich?«
»Normal.«
»5000.«
»Und für mich?«
»150 000.«
»Wie? Warum???«
»Was macht Jurij noch gleich beruflich?«
»Das weißt du doch!«
»Ich will es aber von dir hören.«
»Er ist Geschäftsmann.«
»Bitte etwas genauer.«
Heidi war enttäuscht. Sie hatte auf Mitgefühl und Verständnis gehofft. Stattdessen führte Josif plötzlich ein Verhör mit ihr durch.

»Was soll das, Josif, das weißt du doch genau. Er hat Spielhallen, Wellnessclubs, Import – Export …«

»Richtig, dein Mann, Jurij Golub, importiert Mädchen aus Osteuropa, lässt sie in seinen Puffs arbeiten, für das Geld kauft er Waffen, die er nach Afghanistan und Kolumbien exportiert, um von dort wiederum Drogen zu importieren. Von dem Erlös kauft er neue Mädchen, nimmt noch mehr ein …«

»So genau will ich es gar nicht wissen.«

»Wenn man ganz böse und russenfeindlich wäre, könnte man diese Art von Geschäften auch ›organisiertes Verbrechen‹ nennen, stimmt's?«

Heidi sagte nichts mehr, zuckte mit den Schultern und drückte langsam und sorgfältig ihre Zigarette aus. Josif fielen ihre langen künstlichen Fingernägel auf, die mit kleinen Swarovski-Steinchen verziert waren.

Josif trank seinen Espresso aus.

»Du weißt, wie sehr ich dich mag, Heidi, aber soll ich für ein paar Tausender bei der russischen Mafia herumschnüffeln, meinen Ruf und die guten Beziehungen zu den Jungs aufs Spiel setzen, damit du die Hälfte von Jurijs schätzungsweise 50 Millionen bekommst? Und das wäre dann das Happy End, amerikanische Variante. Realistischer ist die russische Lösung: Jurij verdrückt ein paar Tränchen auf deiner Beerdigung, nachdem du einem tragischen Autounfall oder Treppensturz erlegen bist.«

Heidi hielt sich an der warmen Tasse fest und schluckte.

»Also, was schlägst du vor?«

»Ich kenne Jurij aus unseren gemeinsamen KGB-Zeiten. Man soll ihn nicht zu sehr reizen, aber es ist möglich, sich mit ihm zu einigen. Das wird unser Ziel sein. Was du trotzdem machen kannst: Bring dein Auto zur Reparatur und leih dir das von Jurij. Im Navi könnte die Adresse gespeichert sein. Schreib alle Kölner Adressen auf, die du findest. Dann schauen wir weiter. Und jetzt gib mir mal 500 Euro Anzahlung. Ich nehme an, eine Rechnung brauchst du nicht.«

Draußen vor ihrem Wagen wurde Heidi mit einem Handy-Blitzlichtgewitter und den Rufen »Das ist sie, das ist sie!« empfangen. Für das Ausparken brauchte sie deutlich länger, aus Angst, eines der zahlreichen Kinder zu überfahren.

5

Als sie ihr Büro im Kölner Polizeipräsidium in Kalk betrat, hörte Hauptkommissarin Judith Wendel ihren Assistenten Jan Babbel telefonieren. Sie war verärgert und leicht verstört, denn erstens hatte sie einen Strafzettel an ihrem Auto gefunden, weil es etwa 15 Zentimeter über das Parken-verboten-Schild hinausragte, zweitens hatte sie in der Nacht einen äußerst seltsamen Traum gehabt, und drittens war ihre Periode seit einer Woche ausgeblieben, obwohl sie nie vergessen hatte, die Pille zu nehmen. Sie ließ sich Jan gegenüber, der mit seinen 33 Jahren zwar nur zwei Jahre jünger war als sie, aber wohl aufgrund seiner halb indischen Abstammung wesentlich jünger aussah, nichts anmerken. Er klang gerade aber auch ziemlich genervt:

»Ja, wir sind eine Mordkommission, aber keine Morddrohungskommission … Nein, Sie sollen mich nicht erst kontaktieren, wenn Sie im Sarg liegen, sondern sich an die Kollegen wenden, die dafür zuständig sind …«

Judith holte sich einen Kaffee. Jan stellte das Telefon auf Lautsprecher, sodass sie das Gespräch mitverfolgen konnte.

»Hören Sie mal, hier im Theater sind die Scheiben eingeschlagen worden, ich habe Dutzende Drohbriefe und E-Mails erhalten, der Anrufbeantworter ist voll mit Beschimpfungen. Wir haben es hier mit Fundamentalisten, ja mit Extremisten zu tun …«

Jan hielt die Telefonmuschel zu:

»Sandini, der Chef vom Sülzer Theaterhaus. Sie

machen so ein Jesus-Schwulen-Stück und werden angeblich bedroht. Christliche Fundamentalisten, wer ist für die zuständig?«

»Gib mal her.«

»Warten Sie mal, ich verbinde Sie mit meiner Vorgesetzten.«

Er übergab Judith den Hörer.

»Hauptkommissarin Wendel.«

»Sandini hier. Hören Sie, diese Verrückten wollen, dass ich aufgebe. In diesem Theater ist nur ein Mal ein Stück abgesetzt worden. Das war 1938. Weil mein Vater einem jüdischen Schauspieler nicht kündigen wollte. Als ich 1977 das Theater übernommen habe, musste ich ihm versprechen, sofort meine Sachen zu packen und auszuwandern, sollte ich jemals gezwungen werden, ein Stück abzusetzen.«

Jan verdrehte die Augen. Deutsche Theater-Vorkriegsgeschichte gehörte nicht wirklich zu seinen Hobbys.

»Wer bedroht Sie denn? Haben Sie Namen, Adressen?« Judith griff nach einem Notizzettel.

»Sie können sich gar nicht vorstellen, was es alles gibt. ›Urchristliche Gemeinde‹, ›Jesus-Christus-Glaubensarmee‹ und noch einige Einzeltäter, die seit Wochen vor dem Theater herumlungern und mich mit Morddrohungen überschütten.«

»Wann ist die Premiere?«

»Übermorgen, am Karsamstag.«

»Ich werde dafür sorgen, dass die zuständigen Kollegen ausreichend Polizeischutz bereitstellen. Und können Sie mir bitte zwei Karten reservieren?«

6

Heute war es wieder passiert. Josif ging gerade zu seinem Lada, um Judith abzuholen, als zwei kleine Nachbarjungs auf ihn zugerannt kamen, ungefähr acht Jahre alt, einen kannte er, es war der Sohn des Vermieters, und mit ihren Spielzeugpumpguns auf ihn schossen. Er sah die Mündungen auf sich gerichtet und hörte plötzlich Schüsse, Explosionen … Kalter Schweiß, Schwindelanfall, Übelkeit … Er schaffte es gerade noch, in Deckung zu gehen und sich in seinem Lada zu verschanzen. Er schloss die Augen und legte Arme und Kopf auf das Lenkrad.

»Allah Akbar! Allah Akbar!« Die afghanischen Krieger hatten Kinderstimmen, Bomben fielen auf sein Versteck, das Auto bebte. Er zwang sich, die Augen zu öffnen. Zwei Gotteskrieger, getarnt als Kinder, klopften gegen das Seitenfenster und tanzten wie Derwische.

»Du bist tot, du bist tot …!«

Langsam kam er wieder zu sich. Saß eine Viertelstunde reglos da. Stieg dann aus, ging zum Kiosk, kaufte eine Flasche Wasser und einen 0,2-Liter-Flachmann. Trank den Schnaps aus, danach das Wasser und fuhr langsam und vorsichtig los. Zwei Jahre hatte es ihn in Ruhe gelassen, sein »Souvenir vom Hindukusch«, wie er diese Anfälle für sich nannte. Nun hatte es ihn wieder erwischt, aber Judith wollte unbedingt zur Premiere ins Sülzer Theaterhaus, und er konnte sie nicht länger warten lassen.

Judith bewohnte ein Zweizimmerappartment in einem modernisierten Altbau im Belgischen Viertel. Sie wartete bereits vor der Haustür.

»Warum so spät?« Sie stieg ein, schaute ihn an und erschrak.

»Josif, was ist los mit dir?«

»Alles okay.«

Schweigend fuhren sie weiter. Josif genoss ihre Nähe, und noch mehr genoss er, dass sie ihn nicht mit weiteren Fragen bombardierte. Er hielt an einer roten Ampel an der Luxemburger Straße. Eine dieser verkehrsabhängigen Ampeln, die auf Rot schalten und rot bleiben, bis alle Straßenbahnen Kölns vorbeigefahren sind. Er wagte einen Blick zu ihr. Sie lächelte ihn an, zärtlich und liebevoll. Josif bekam einen Kloß im Hals. Er nahm ihre Hand.

»Vorgestern habe ich von dir geträumt«, sagte sie leise. »Wir wollten zusammen wegfahren, Urlaub oder so. Wir laufen zu einem Zug, der gerade abfährt. Du schaffst es noch, aufzuspringen, und reichst mir die Hand. Aber der Zug wird immer schneller, und ich schaffe es nicht. Ich renne aus voller Kraft, deine ausgestreckte Hand ist ganz nah, aber unsere Hände berühren sich nicht. Der Zug fährt davon, du willst runterspringen, aber dafür ist es jetzt zu spät. Ich begreife, dass der Zug mit dir endgültig weg ist, und fange an zu heulen. Davon bin ich aufgewacht.«

»Die Bahn hat eh die Preise erhöht. Und die Lokführer streiken. Mein Lada ist besser.«

Die Ampel sprang auf Grün.

7

Das Sülzer Theaterhaus war eine zweistöckige renovierungsbedürftige Villa aus dem 19. Jahrhundert. Der Kaufmann Rudolph Sandini, Großvater des jetzigen Besitzers Gabriel Sandini, hatte das Haus für seine Familie bauen lassen. Sein Sohn Wilhelm hatte es 1930 zum Theater umgebaut. Auf einem 7000 Quadratmeter großen parkähnlichen Grundstück gelegen, war es eine Oase im ansonsten mit Geschäfts- und Wohnhäusern dicht bebauten und in Köln sehr beliebten Stadtteil Sülz.

Trotz langer Parkplatzsuche standen Judith und Josif pünktlich um 20.25 Uhr, fünf Minuten vor Beginn der Vorstellung, am Zauntor. Doch sie hätten sich gar nicht beeilen müssen. Die Atmosphäre vor dem Theater glich einer Mischung aus Demo und Jahrmarkt. Dutzende Demonstranten verschiedener christlicher Organisationen, Splittergruppen und einzelne Individuen standen vor dem Eingang. Mehrere ältere Frauen verteilten Handzettel und Ostereier. Josif steckte zwei Eier in die Tasche seiner Lederjacke. Ein Chor aus Männern in dunklen Anzügen sang geistliche Lieder. Banner wurden hochgehalten: »Keine Gotteslästerung in Köln«, »Jesus lebt«, »Wer Gott beleidigt, ist ein Sünder«. Ein bärtiger Mann mit Filzhut in altertümlicher Kleidung stand auf einem Hocker und predigte mit tiefer Stimme und kölschem Akzent:

»Ihr seid der Abschaum, des Teufels Werk. Verdammt in alle Ewigkeit. Mein Zorn wird euch vernichten …«.

Ein knappes Dutzend Menschen bildete eine Kette und versuchte, die Zuschauer am Betreten des Theaters zu hindern.

Polizisten sorgten dafür, dass die Besucher nicht tätlich angegriffen wurden und durch das Tor zum Theatereingang gehen konnten. Dort wurde jeder Gast durchsucht.

Josif hielt Judith am Ellenbogen fest:

»Möchtest du nicht lieber heute Abend deine kulinarischen Fähigkeiten unter Beweis stellen und für uns was kochen?«

»Hab ich auf morgen verschoben, denn der Mensch lebt nicht vom Brot allein.«

»Nein, aber erst kommt das Fressen, dann kommt die Moral.«

»Das gilt für das einfache Volk, aber nicht für die intellektuelle Elite, der du angehörst.«

»Oh, das tut gut, sag es noch mal.«

»Intellektuelle Elite …«

»Du hast mich überzeugt, gehen wir rein.«

Auch im Saal mussten sie sich weiter gedulden. Die Vorstellung begann mit einer Stunde Verspätung. Zuerst erschien Gabriel Sandini auf der Bühne. Er war blass, seine Knie und Hände zitterten leicht. Er setzte zu einer Rede an:

»Sehr geehrtes Publikum, ich möchte mich vor der Vorstellung nicht nur bei meinen Schauspielern, sondern auch bei jedem Einzelnen von Ihnen bedanken für Ihre Unterstützung und für Ihren Mut, trotz zahlreicher Drohungen den Weg ins Theater gefunden zu haben.«

Die mutigen Bürger antworteten mit tosendem Applaus.

»Mein ganz besonderer Dank gilt dem Förderverein und seinem langjährigen Vorsitzenden Hans Pechstein, dem treuen Freund unseres Hauses. Nachdem uns die Stadt in diesem Jahr die Subventionen komplett gestrichen hat, hätte das Theater ohne seine großzügige finanzielle Unterstützung nicht überleben können.«

Hans Pechstein, ein stattlicher, durchtrainierter Mann Anfang sechzig, stand kurz auf und verbeugte sich. Das Publikum applaudierte.

»Und jetzt wünsche ich Ihnen gute Unterhaltung.«

Sandini verschwand hinter der Bühne. In diesem Moment tauchten noch vier verspätete Zuschauer auf: Heidi Golub und ihr Mann Jurij, flankiert von zwei Bodyguards, die nicht gerade wie passionierte Schachspieler aussahen.

»Ist das nicht deine Heidi?«, fragte Judith

»Das ist nicht meine Heidi, das ist Jurijs Heidi.«

»Aha, und der fette Klotz zwischen den beiden Kampfhunden ist dann also Jurij … Was für ein Leckerchen. Deine Ex hat echt Geschmack.«

»Urteilt nicht nach dem äußeren Schein, sagt die Bibel.«

»Natürlich, die Taten sind entscheidend …«

Die Vorstellung begann. Der Vorhang öffnete sich: das Rauschen des Meeres, Sand und drei künstliche Palmen. Das konnte der See Genezareth oder die kalifornische Pazifikküste sein. Zwölf junge Männer saßen im Schneidersitz im Sand und ließen die Wasserpfeife kreisen.

Josif schloss die Augen und entspannte sich. Ihm fiel ein, wie er selbst als 13-Jähriger auf der Bühne stand. Daran hatte er bestimmt seit 30 Jahren nicht mehr gedacht. Die Schultheater-AG in Jalta. Ein Stück über junge Partisanen. Er spielte einen Gestapo-Offizier, der die Helden verhört und foltert. Eine sehr undankbare Rolle, weil die Mädchen nur die Helden anhimmelten. Da hatte er sich zum ersten Mal gewünscht, ein sowjetischer Agent zu sein, der sein Vaterland rettet und die Partisanen fliehen lässt. Kurz nach dieser enttäuschenden Theatererfahrung wechselte er zur Jiu-Jitsu-AG und wurde bald Stadtmeister in seiner Altersklasse.

Er erinnerte sich an den Deutschlehrer, der die Theater-AG leitete, Iwan Albertowitsch Levy. Iwan (eigentlich Hans) Levy war deutscher Jude und Kommunist. Er war 1935 in die Sowjetunion geflüchtet, 1937 von Stalin als deutscher Spion verhaftet und erst 1954 rehabilitiert worden. Levy war mit Marija Nikolaewna, der Schuldirektorin, verheiratet. Ihr gemeinsamer Sohn Boris war Josifs Klassenkamerad. Josif war mehrmals bei Levys zu Hause. Sie wohnten in einem kleinen Dreizimmerhäuschen mit Garten am Stadtrand. An der Wand im Wohnzimmer hingen ein paar vergilbte Fotos aus Deutschland, einer für

Josif fremden, faszinierenden, unerreichbar fernen Welt: Der zwölfjährige Hans steht mit Mama und Papa vor einem großen Kaufhaus, der kleine Hans mit Lockenkopf und im Kleidchen sitzt zu Hause auf einem großen Perserteppich …

Levy hatte bei ihm das Interesse für die deutsche Sprache geweckt. Ohne ihn hätte Josif wohl nicht Deutsch studiert und wäre nicht Jahre später in der Auslandsspionageabteilung gelandet.

Das Stück näherte sich seinem Höhepunkt: Abendmahl.

> JESUS: Einer von euch wird mich verraten.
> PETRUS: Ich werde dich niemals verraten
> JESUS: In dieser Nacht, ehe der Hahn kräht,
> wirst du mich drei Mal verleugnen.

Kam Levy nicht aus Köln? Josif versuchte sich vergeblich an seine Sprachfärbung im Deutschunterricht zu erinnern. Trotz Stalins Lager war Levy ein überzeugter Kommunist und Internationalist geblieben, der an Gerechtigkeit, Gleichheit und Völkerverständigung glaubte.

Passend zu Josifs Erinnerung ertönte in diesem Moment die Internationale. Josif wunderte sich im Halbschlaf über so viel Einfallsreichtum der Regie. Die Musik wurde immer lauter …

Der spitze Ellbogen von Judith in seinen Rippen riss ihn aus dem Schlummer. Die Internationale, natürlich, sein Handy-Klingelton. Vergessen war das Abendmahl. Alle Augen richteten sich auf Josif. Er schaute auf das Display. Es war Ahmet. Wenn er nachts um 23 Uhr anrief, musste es wichtig sein. Zur Empörung des ganzen Saals nahm Josif das Gespräch auch noch an:

»Was gibt es, Ahmet?«

»Josif, mein Taxi! Die Nazischweine haben es total auseinandergenommen!«

»Fass nichts an und lass niemanden dran, ich komme heute Nacht und kümmere mich drum.«

Ein mit Original-Polizeimütze, Sheriffstern und Tunika kostümierter römisch-kalifornischer Staatsdiener kam auf die Bühne, um Jesus von Nazareth, der in Kalifornien Joshi Finkelstein hieß, dem Oberstaatsanwalt Juan Pilatos vorzuführen. Josif atmete tief durch, die Geschichte näherte sich ihrem vorherbestimmten Ende, und sein knurrender Magen ahnte eine baldige Erlösung.

Der tosende Premierenapplaus ebbte erst nach dem achten Vorhang langsam ab.

»Auf einen Wein ins Toscanini?«, fragte Judith.

»Aber unbedingt.«

»Ich möchte mich nur vorher bei Sandini für seinen Mut bedanken.«

»Verstehe, für was anderes kannst du dich ja auch nicht bedanken.«

»Hat es dir gar nicht gefallen?«

»Doch, die Musik.«

»Welche Musik?!«

»Die beim Abendmahl.«

Hinter der Bühne wurde bereits ausgelassen gefeiert. Die Sektkorken knallten. Josif blieb an der Tür stehen und beobachtete, wie Sandini die Gläser verteilte, jeden Schauspieler umarmte und sich bei allen bedankte.

»Super! Super, Jungs! Ganz tolle Vorstellung! Lasst alles liegen, wir räumen morgen auf. Jetzt gehen wir erst mal rüber ins Toscanini. Der Tisch ist reserviert. Sauft und fresst, so viel ihr wollt! Der Förderverein übernimmt die Rechnung.« Die Schauspieler klatschten und johlten lautstark.

Judith ging zu Sandini, um ihm zu gratulieren.

Anna Hiller, die Regieassistentin, stieß mit den Schauspielern an:

»Kompliment, Männer! Eine klasse Vorstellung! Christian, kann ich dich kurz sprechen? Gehen wir ins Büro?«

Christian Pechstein, Jesus-Darsteller und Sohn des Theatermäzens Hans Pechstein, ein zierlicher Mann mit weichen Gesichtszügen, nickte und folgte Anna. Als er sich an dem Judas-Darsteller, einem untersetzten, kräftigen Kerl, der mit dem Rücken zu ihm stand, vorbeidrängen wollte, drehte der sich abrupt um und traf Christian wie zufällig mit dem Knie im Unterleib. Jesus krümmte sich vor Schmerzen. Judas klopfte ihm auf die Schulter:

»Sorry, Bruder. Wollte dich nicht entmannen auf dem Weg zum Glück.«

Anna Hiller drehte sich um und verpasste ihm eine knallende Ohrfeige. Die anderen Jünger gingen schnell dazwischen:

»Hey, was soll der Quatsch?«

»Kommt, lasst uns feiern gehen!«

»Wie nervös alle sind, wie nervös und so viel Liebe! Tschechow, ›Die Möwe‹.«

»Männer, lasst uns als nächstes Tschechow spielen.«

»Ja, ›Zwölf Schwestern‹! Ist das nicht von Tschechow?«

Die ausgelassene Stimmung war offenbar nicht gestört, solche Zwischenfälle schienen hier zur Tagesordnung zu gehören. Christian und Anna verschwanden im Büro.

Judith verabschiedete sich von Sandini und trat mit Josif auf die Straße.

Nach dem stickigen Theater kam Josif die Kölner Abendluft wie eine frische Meeresbrise vor. Er atmete tief durch. Es nieselte. Judith hakte sich bei ihm ein. Er hätte jetzt gern eine geraucht, aber er hatte vor zwei Jahren aufgehört. Bei drei Päckchen am Tag tat es nicht nur der Lunge, sondern auch dem Portemonnaie sehr gut. Damit war der monatliche Lohn für seine Sekretärin gesichert.

Die Aufregung vor dem Theater hatte sich inzwischen gelegt. Alle Zuschauer und Demonstranten waren verschwunden. Nur der bärtige Mann mit Filzhut stand auf dem Hocker und hielt schon wieder – oder immer noch – eine Rede. Zwei Polizisten standen vor dem Tor, rauchten und hörten ihm mit gleichgültigen Mienen zu.

»Hier blüht die Sünde, gedeiht des Teufels Werk. Verdammt sei in alle Ewigkeit, wer dieses Haus zu betreten wagt! Mein Zorn wird euch vernichten …«

8

Das Toscanini lag fünf Minuten Fußweg vom Theater entfernt, befand sich in einer alten Feuerwache, war groß und immer gut besucht. Es hatte täglich bis drei Uhr nachts geöffnet. Ab sieben Uhr früh konnte man hier frühstücken, ab zwölf gab es Mittagstisch, abends war es Restaurant und Kneipe zugleich.

Hier hatten sich Judith und Josif im Sommer vor zwei Jahren zu ihrem ersten Date verabredet, nachdem sie sich wenige Stunden zuvor bei Ermittlungen im berühmt gewordenen Fall Gluschkewitsch über den Weg gelaufen waren.

Anton Gluschkewitsch, ein Bauarbeiter aus Weißrussland, war auf der Baustelle eines Einfamilienhauses in Köln-Sürth gefunden worden. Der Bauherr, ein angesehener Kölner Chirurg, kam nachmittags mit seinem elfjährigen Sohn zum Grundstück, um dem Kind sein zukünftiges Zuhause zu zeigen. Beim Klettern entdeckte der Junge einen Schuh, der aus dem vor wenigen Tagen gegossenen Fundament herausragte. Er versuchte, den Schuh zu kicken, und stieß sich den Zeh, weil sich der Schuh nicht bewegte. Neugierig schnürte er den Schuh auf und entdeckte darin einen Fuß, der – wie sich später herausstellen sollte – zu Gluschkewitsch gehörte. Der Chirurg rief sofort die Polizei an. Der Polier, der sich mit zwei anderen Weißrussen auf der Baustelle befand, benachrichtigte gleichzeitig Josif.

Josif hatte damals einen nicht ganz legalen Nebenverdienst. Er vermittelte Schwarzarbeitern aus der ehemaligen UdSSR den Kontakt zu einem leitenden Angestellten beim Ausländeramt, der die benötigten Papiere (Aufenthalts- und Arbeitserlaubnis) unter der Hand ausstellte. Josif betreute die Männer und half ihnen auch dabei, Arbeit zu finden, achtete darauf, dass sie anständig behandelt und korrekt entlohnt wurden.

Judith, vor Kurzem zur Hauptkommissarin befördert, traf zeitgleich mit Josif auf der Baustelle ein. Da es zu diesem Zeitpunkt noch unklar war, ob es sich um einen Mord oder einen Unfall handelte, war Josif bemüht, keinerlei Informationen zur Polizei durchdringen zu lassen. Er stellte sich Judith vor: »Mein Name ist Bondar. Josif Bondar, Privatdetektiv«, und gab sich als Freund des Poliers aus. Dann bot er ihr seine Dienste als Dolmetscher bei der Befragung der geschockten und verängstigten weißrussischen Bauarbeiter an, natürlich unentgeltlich.

Das Gespräch lief folgendermaßen ab:

Judith: »Herr Bondar, fragen Sie bitte die Arbeiter, ob sie den Toten gekannt haben.«

Josif (Russisch): »Sie fragt, ob ihr Anton gekannt habt.«

Bauarbeiter (Russisch): »Klar, du weißt doch, wir kommen aus demselben Dorf.«

Josif (zu Judith): »Sie kennen den Toten nicht, haben ihn noch nie gesehen.«

Judith: »Waren sie dabei, als das Fundament gegossen wurde?«

Josif (Russisch): »Merkt euch: Ihr habt Anton nicht gekannt. Und als das Fundament gegossen wurde, habt ihr noch gar nicht hier gearbeitet. Wiederholt, was ich gesagt habe.«

Bauarbeiter (Russisch): »Als das Fundament gegossen wurde, haben wir hier nicht gearbeitet.«

Josif (Deutsch zu Judith): »Als das Fundament gegossen wurde, haben sie hier nicht gearbeitet.«

Judith: »Sagen Sie ihnen bitte, sie sollen die Stadt nicht verlassen. Ich werde sie in den nächsten Tagen noch mal ausführlich befragen müssen.«

Josif (Russisch): »Fahrt am besten noch heute oder spätestens morgen zurück in die Heimat und bleibt dort, bis der Fall abgeschlossen ist.«

Am Ende des Gesprächs bedankte sich Judith bei Josif und fragte:

»Glauben Sie, dass die Arbeiter die Wahrheit sagen?«

»In die russische Seele hineinzublicken, ist nicht einfach«, antwortete Josif, »aber mein sechster Sinn sagt mir, dass sie nicht lügen.«

»Arbeiten Sie als Privatdetektiv immer mit Ihrem sechsten Sinn?«

»Nein, manchmal auch mit meinem siebten.«

»Herr Bondar, ich würde Ihnen gern ein paar Fragen stellen über das Leben und die Gewohnheiten der Weißrussen in Deutschland. Wann hätten Sie Zeit, zu mir ins Büro zu kommen?«

Josif holte sein kleines Notizbuch hervor und blätterte es durch:

»Tut mir leid, ich bin in den nächsten Wochen komplett ausgebucht …«

Aus den Augenwinkeln beobachtete er Judith und freute sich über ihren leicht enttäuschten Gesichtsausdruck. Judith war ihm auf den ersten Blick mehr als sympathisch gewesen.

»Höchstens mal abends nach 20 Uhr …«

»Meinetwegen, wenn es nicht anders geht. Wann können Sie denn dann?«

Josif blätterte erneut in seinem Notizbuch:

»Hm, sieht schlecht aus … Es sei denn … Das könnte ich vielleicht verschieben … Wie wäre es denn bei Ihnen mit heute Abend?«

»Das geht. Danke, Herr Bondar, dass Sie Zeit für mich finden.«

»Keine Ursache, Frau Wendel. Der Fall muss ja schnellstens aufgeklärt werden. Darf ich Sie zum Essen einladen? Kennen Sie das Toscanini in Sülz?«

Gleich bei ihrem ersten Rendezvous hatten die beiden das unerklärliche Gefühl, sich aus einem anderen, früheren Leben zu kennen und auf mysteriöse Weise miteinander verbunden zu sein. Sie erzählten sich viel und tranken ein Glas Rotwein nach dem anderen. Doch es war kein Absturz, sondern ein Aufstieg, der sie anschließend über die Treppen zu Judiths Wohnung direkt in ihr Schlafzimmer hinaufführte.

»Was für eine Nacht! Wunderbare Stunden voll wilder Zärtlichkeit und betörender Leidenschaft!«, schrieb Judith in ihr Tagebuch, nachdem Josif die Wohnung am nächsten Morgen verlassen hatte.

Doch einige Tage später strich sie die Zeilen durch, sie kamen ihr zu kitschig vor. Vielleicht hing ihre veränderte Sichtweise aber auch mit ihrer schlechten Laune zusammen, die wiederum mit dem Fall Gluschkewitsch zusammenhing. Die beiden weißrussischen Bauarbeiter waren überraschend in ihre Heimat zurückgefahren, noch bevor Judith sie richtig verhören konnte. Und auch Josif konnte ihr den Wunsch nicht erfüllen, die Bauarbeiter ausfindig zu machen.

Das Toscanini war das Stammlokal des Theaterhauses und wie immer nach Premieren überfüllt. Judith und Josif hatten die letzten freien Plätze neben der Kinderspielecke erwischt. Direkt vor ihnen feierten die Schauspieler laut an einem langen Tisch. Sie sahen, wie der Judas-Darsteller glücklich zu seinen Kollegen an den Tisch zurückkehrte. Vor zehn Minuten war er zum Theater gerannt, weil er sein iPhone in der Garderobe hatte liegen lassen. Josif fiel auf, dass zwei Stühle am reservierten Tisch leer waren. Die Regieassistentin und der Jesus-Darsteller fehlten.

Josif hatte seine Pizza mit frischem Lachs – angeblich die beste der Stadt – bereits aufgegessen. Judith knabberte noch an ihrem Ruccolasalat. Sie fürchtete eine Gewichtszunahme mehr als einen Serienmörder. Da halfen auch Josifs Beteuerungen nicht, er habe wohl genetisch bedingt durch seinen türkischstämmigen Urgroßvater eine Vorliebe für gut gerundete Weiblichkeit, er sei schließlich kein Hund, der auf Knochen steht.

Judith sah ihn an. Kurzes grau meliertes Haar, hohe Wangenknochen, ein leichtes Lächeln auf den Lippen nach dem dritten Glas Wein. Als sie mit 18 Jahren und einem Abiturschnitt von 1,2 beschlossen hatte, Polizistin zu werden, konnte sie sich vieles vorstellen, nur nicht, dass sie mit 35 diesen Mann lieben würde: mit seinen undurchschaubaren Verbindungen zur russischen Mafia und dem seltsamen Detektivbüro, wo ständig eine völlig nackte Sekretärin herumlief.

Im gedämpften Licht des Lokals sahen seine grünen Augen jetzt besonders schelmisch aus. Vielleicht weil er gerade zum Angriff auf die christliche Zivilisation ansetzte:

»Ein unbedeutender jüdischer Rabbi aus Nazareth, also aus der tiefsten Provinz, macht eine kleine Sightseeingtour durch Jerusalem. Und weil die Pferdekutsche zu teuer ist, setzt er sich auf einen Esel. Ein paar gelangweilte arbeitslose Jugendliche erlauben sich einen Spaß und schreien: ›Der König ist da!‹ Dies war der Anfang des Christentums. Danach folgten mit kurzen Unterbrechungen 2000 Jahre Kriege, Pogrome, Inquisition und Diktatur im Namen des Kreuzes. Und du, eine schöne, kluge, gebildete Frau, bist immer noch so naiv, an dieses Verbrechersyndikat deine Steuern zu zahlen. Grund eins, dich nicht zu heiraten.«

Judith war mit ihrem Salat inzwischen fertig und hatte mit einer unwiderstehlichen Lust auf Tiramisu zu kämpfen.

»Grund zwei?« Judiths Stimme klang ironisch, doch ihre klaren grauen Augen verrieten echte Neugierde.

»Grund zwei …« Josif hielt kurz inne und schaute Judith mit gespieltem Ernst an. Sie hatte heute ihre langen dunkelblonden Haare zu einem Dutt zusammengebunden. Josif mochte es. Er hätte sie jetzt gern auf den Hals geküsst und an ihrem Ohrläppchen gesaugt.

»Grund zwei ist: Ich glaube nicht, dass ein Privatdetektiv mit KGB-Vergangenheit und besten Kontakten zur russischen Mafia deiner Karriere besonders förderlich ist.«

»Grund drei: Du liebst deine Freiheit mehr als mich«, konterte Judith. »Und jetzt sag ich dir meine Gründe, warum ich dich nicht heiraten werde … Nee, ich sag sie dir lieber nicht. Wenn ich dir alle Gründe nenne, sitzen wir bis morgen früh noch hier.«

Giovanni, ein zuvorkommender Kellner um die 50, räumte das Geschirr ab.

»Noch einen Wunsch?«

»Ja, ein Tiramisu.« Judith hatte sich entschieden.

»Die Rechnung bitte«, sagte Josif gleichzeitig.

Giovanni schaute die beiden fragend an.

»Ja, bringen Sie bitte die Rechnung«, sagte Judith.

»Und ein Tiramisu«, ergänzte Josif.

»Kein Tiramisu«, widersprach Judith.

»Doch das Tiramisu. Und die Rechnung«, sagte Josif.

Giovanni, der wie jeder gute italienische Kellner auch Diplomat hätte werden können, reagierte prompt:

»Si, si, Signori. Kommt sofort. Die Rechnung für die Signora, ein Tiramisu für den Herrn und zwei Ramazzotti aufs Haus«, und verschwand.

Die beiden schwiegen eine Weile und schauten aus dem Fenster. Auf der Straße fuhr ein Feuerwehrauto mit Blaulicht und Sirene vorbei.

Der Kellner brachte den Nachtisch:

»Prego. Der Rest kommt sofort.«

Judith wünschte sich, dass Josif heute Nacht bei ihr bleiben würde. Wenn sie zusammen im Bett lägen, würde sie ihm vom Ausbleiben der Periode erzählen können. Josif spürte ihren Wunsch, wollte aber unbedingt nach Mülheim, weil er Ahmet versprochen hatte, sich heute noch sein demoliertes Taxi anzuschauen. Natürlich ging das Berufliche vor, das war bei Judith ja nicht anders. Ihr das direkt zu sagen, war aber trotzdem unangenehm.

Am Schauspielertisch klingelte ein Handy.

»Was?! Verdammte Scheiße!«, schrie Sandini ins Telefon und sprang auf. »Das darf doch nicht wahr sein! Bin gleich da.«

Alle starrten ihn an.

»Die Polizei. Das Theater brennt«, stammelte er

und rannte hinaus. Einige Schauspieler folgten ihm. Die anderen blieben geschockt am Tisch sitzen.

»Da siehst du, wozu deine christlichen Glaubensbrüder fähig sind«, sagte Josif.

»Oder Schwestern«, entgegnete Judith.

Giovanni brachte zwei Ramazzotti und die Rechnung.

»Wollen wir uns das Feuerchen anschauen?«, fragte Josif, trank den Digestif mit einem Schluck aus und griff nach seiner Brieftasche.

»Na gut. Obwohl Brandstiftung eigentlich nicht meine Zuständigkeit ist ... Lass stecken, ich zahle ... Mhm ...«, genüsslich leckte sie den Löffel mit dem angeblich besten Tiramisu in Köln ab.

9

Ahmet trauerte. Es war drei Uhr nachts, kalt, stockfinster und nass. Er saß auf einem Campingstuhl neben seinem Taxi wie neben dem Sarg eines Familienmitglieds. In der Hand hielt er einen kleinen rosaroten Kinderregenschirm, den ihm seine Frau Perin aufgezwungen hatte. Die alte Fabrikmauer, an der das Auto geparkt war, verstärkte den Eindruck eines Friedhofs noch. In der menschenleeren Holweider Straße, einer kleinen Gasse, die von der Keupstraße abging, gab es keine Laternen. Ahmets Schnurrbart, nass und schwer, zeigte eindeutig nach unten.

»Was soll ich jetzt machen, Josif?«, fragte er leise,

ohne aufzublicken. Seine schönen langen Wimpern waren voller Wassertropfen. Josif schaute sich das Auto an. Es war ein Wrack, ein Skelett. Räder, Türen, Spiegel, Radio, Navi, Vordersitze, Wischblätter und sogar der Benzstern waren abmontiert worden. Ein gespraytes Hakenkreuz zierte die Windschutzscheibe. Unter dem Scheibenwischerarm klemmte ein Stück Papier: »hau ab du türken Schwein Deutschland für Deutsche!« war auf der Innenseite einer Zigarettenschachtel mit Kugelschreiber geschrieben. Josif nahm vorsichtig den nassen Zettel ab und steckte ihn in eine leere Taschentücherpackung.

»Josif, ich habe drei kleine Kinder. Wie soll ich sie ernähren?«, fragte Ahmet mit zittriger Stimme.

»Ahmet, das Baby wird doch noch gestillt, oder?«

»Ja.«

»Siehst du, dann sind es ja nur zwei Kinder, die du ernähren musst. Ist also nicht ganz so schlimm. Hast du der Versicherung Bescheid gesagt?«

»Nein, zuerst müsste ich bei der Polizei Anzeige erstatten.«

»Hast du das gemacht?«

»Nein, das geht nicht. Ich habe doch seit Karneval Fahrverbot bis zur Gerichtsverhandlung, wegen der sächsischen Domina. Und bin natürlich trotzdem die ganze Zeit gefahren. Wenn Polizei oder Versicherung nachforschen ... ist ja alles in der Taxizentrale gespeichert. Dann ist der Taxischein für immer weg ...«

»Es tut mir leid, Ahmet, ich schau mal, was ich tun kann.«

»Weißt du noch, damals im Juni 2004, diese Nagelbombe … Ich war gerade an dem Laden vorbei, war 100 Meter entfernt … Und jetzt schlagen die Nazis wieder zu!«

Seine Trauer verwandelte sich langsam in Wut. Josif hielt das für ein gutes Zeichen.

»Wir lassen uns nicht unterkriegen, Ahmet. *Wir* nicht, stimmt's? Komm, gehen wir nach Hause.«

Ahmet klappte den Stuhl zusammen und folgte Josif. Es hatte aufgehört zu regnen. Den kleinen rosaroten Regenschirm hielt er sich, geistesabwesend, immer noch über den Kopf.

10

Um neun wurde Josif von Silvia geweckt, die kurz an seine Schlafzimmertür klopfte und, ohne eine Antwort abzuwarten, eintrat – nackt.

»Aufstehen. Herr Çoban ist am Telefon.«

»Ich stehe nicht auf, bevor du dich nicht angezogen hast.«

»Das ist Erpressung.«

»Keine Diskussion. Zieh dich an. Was will der?«

»Die Miete für April ist nicht überwiesen worden.«

»Sag ihm, er soll in einer halben Stunde anrufen.«

Josif fühlte sich zerschlagen. Die Panikattacke, Disharmonie mit Judith, Ahmets Autowrack, dazu der Alkohol und schlechter Schlaf …

Er zwang sich aufzustehen, ging ins Bad, duschte ausgiebig sehr heiß und dann lange kalt.

»Kommst du frühstücken, Josif? Steht schon alles auf dem Tisch. Ich habe für dich Zaziki, Hering in Tomatensoße und Dorschleber hingestellt. Ist das richtig?«

»Goldrichtig.« Josif setzte sich an den Tisch.

»Was ist das denn für ein hellbraunes Zeug? Widerlich. Sieht aus wie aus der Windel ...«

»Selbst gemachter Tofu-Bohnen-Aufstrich mit Nelken. 100 Prozent vegan. Möchtest du probieren?«

»Nein danke, Silvia. Ich glaube nicht, dass ich das morgens schon vertrage. Gib mir doch mal bitte die Dorschleber. Möchtest du auch was davon?«

»Nein, Josif, du weißt doch, ich esse nichts, was Augen hat.«

»Das ist Leber, die hat keine Augen. Hast du Lust, mir einen Espresso zu machen?«

Sich mit Josif über alternative Ernährungsmethoden auseinanderzusetzen, hielt Silvia erfahrungsgemäß für nicht sehr erfolgversprechend.

»Kann ich machen.«

Seit drei Jahren arbeitete sie nun schon für Bondar. Auch wenn er sie nur für 16 Stunden die Woche bezahlen konnte, war Silvia fast jeden Tag von morgens bis abends da. Josif schätzte ihre Zuverlässigkeit, Verschwiegenheit und Loyalität. Silvia hatte nur wenige Freunde, keinen Kontakt zu ihren Eltern und fühlte sich bei Josif besser als bei sich zu Hause im Studentenwohnheim. Im eigenen Zimmer ungesehen nackt herumzulaufen war langweilig. Und im Flur des Studentenwohnheims ging es auch nicht mehr. Sie war schon mehrmals verwarnt worden und würde beim nächsten Mal rausfliegen.

Silvia kümmerte sich um seine Buchhaltung, kaufte für Josif ein, räumte auf, holte Kohle aus dem Keller und zündete den Ofen an. Wenn es im Büro nichts mehr zu tun gab, arbeitete sie weiter an ihrer Doktorarbeit oder war politisch tätig. Sie war ein aktives Mitglied im Veganerbund, im Urwaldschutzverein und ein militanter Anhänger der Anti-Pelz-Bewegung. Außerdem trainierte sie seit acht Jahren Natur-Capoeira und war inzwischen richtig gut darin.

»Silvia, warum ist die Miete nicht überwiesen worden?«

Josif trug einen handbestickten japanischen Seidenkimono, das Geschenk eines russischen Oligarchen. Es war neben der Espressomaschine der einzige Luxusartikel, den er besaß. Die La Cimbali war sein Lohn gewesen, nachdem er bei der Schließung eines belgischen Sternerestaurants zwischen dem insolventen Besitzer und einem ukrainischen Inkassounternehmen einen für beide Seiten annehmbaren Kompromiss ausgehandelt hatte.

Silvia, immer noch nackt, bereitete gerade einen Espresso für Josif und einen Cappuccino mit Sojamilch für sich zu. Josif beobachtete sie dabei: ein zierlicher wohlgeformter Rücken, langer Hals, kleiner mädchenhafter Busen. Obwohl sie sich nie mit Seife wusch und auch kein Deo oder gar Parfüm benutzte, roch sie gut, frisch. Nicht anregend, eher wie ein Kind. Aus unerklärlichen Gründen empfand Josif Silvia nicht als Frau, sondern eher als geschlechtsloses Wesen. Mit ihr Sex zu haben, wäre für ihn undenkbar.

Hatte sie überhaupt einen Freund? Oder eine Freundin? Was für Wünsche, was für Fantasien hatte sie?

»Die Bank hat die Miete nicht überwiesen, Josif, weil dein Dispokredit überzogen ist.«

»Silvia, hattest du schon mal einen Freund?«

Sie schäumte gerade die Sojamilch auf.

»Ja, mit 16, einen aus der Oberstufe.«

»Habt ihr … was miteinander gehabt?«

»Meinst du Sex?«

Josif nickte.

»Nein. Er hat es versucht. Es war widerlich. Er hatte vorher Bockwurst gegessen. Dieser Tote-Sau-Gestank aus dem Mund und sein nasser Lappen in meinem Rachen, ich habe fast gekotzt. Wusstest du, dass sich in der Mundflora mehr Bakterien ansiedeln als im Darm?«

»Nein, ich war schlecht in Bio.«

Im Büro klingelte das Telefon.

»Das wird wohl Çoban sein.« Silvia ging ins Büro und nahm ab. »Detektei Bondar, Silvia Kischke am Apparat … Moment mal.«

Silvia kehrte in die Küche zurück und übergab Bondar wortlos das Telefon. Josif meldete sich mit dem leicht gereizten Unterton eines sehr beschäftigten und bei der Erledigung wichtiger Aufgaben gestörten Geschäftsmanns.

»Josif Bondar am Apparat. Was gibt es?«

Am anderen Ende der Leitung war Judith.

»Judith Wendel hier. Störe ich gerade?«, fragte sie spitz.

»Nein, Judith, du störst mich nie. Ich dachte, der Vermieter wäre dran.«

»Am Ostersonntag in der Früh ist also deine Sekretärin bei dir, vermutlich nackt, und du gehst nicht an dein Handy. Arbeitest du vielleicht gerade an einem außergewöhnlich wichtigen Fall?«

»Es ist alles in Ordnung. Mein Handy ist noch auf lautlos gestellt, nachdem es gestern im Theater geklingelt hat. Wie geht es dir?«

»Jesus ist tot.«

»Ich weiß. Seit über 2000 Jahren.«

»Nein, nicht *der* Jesus! Der Schauspieler, der ihn gespielt hat, Christian Pechstein. Ist gestern in den Flammen umgekommen. Also doch mein Fall. Die Fenster wurden eingeschlagen, und das Theater ist von drei Seiten mit Benzin angezündet worden. Ich bin mit der Spurensicherung am Tatort. Ich wünsche dir noch einen schönen Ostersonntag.«

»Judith, warte …« Doch sie legte auf.

Josif schaute verärgert das Telefon an, wollte Judith anrufen, doch das Telefon klingelte erneut. Erleichtert nahm Josif ab:

»Lass uns bitte nicht streiten. Hast du schon jemanden in Verdacht, der Jesus umgebracht haben könnte?«

Am anderen Ende der Leitung war es einige Sekunden still. Dann hörte Josif die Stimme des Vermieters:

»Wer Jesus umgebracht hat, ist mir egal. Was mir nicht egal ist, ist die Miete, die nicht bezahlt wurde.«

»Herr Çoban, wegen der Kommunalwahl auf der

Krim hat sich meine KGB-Rentenzahlung um ein paar Wochen verzögert. Sobald das Geld kommt, wird die Miete überwiesen. Auf Wiederhören.« Josif legte auf.

»Josif, das mit der Rente ist doch glatt gelogen, stimmt's?« Silvia begann den Tofu-Bohnen-Nelken-Aufstrich ganz dünn auf eine Reiswaffel aufzutragen.

»Nein, das ist nicht gelogen, sondern erfunden, Silvia.«

»Wo ist denn da der Unterschied?«

»Ist für dich Lüge und Erfindung das Gleiche?«

Silvia überlegte kurz: »Nein.«

»Na siehst du, was fragst du dann?«

Bondar bezog keine KGB-Rente, weil er nach der Wende den Dienst quittiert hatte und aus der DDR in den Westen gegangen war. Die einzige konstante Einnahmequelle, die er hatte, war die Afghanistan-Veteranen-Rente. Sie betrug umgerechnet 35 Euro im Monat. Ansonsten waren seine Einkünfte mehr als unregelmäßig. Die resultierten hauptsächlich aus den sporadischen Sicherheits- und Betreuungsdiensten für reiche russische Geschäftsleute und manchmal sogar für Oligarchen.

Wer in Russland viel Vermögen besitzt, hat auch mächtige Feinde. Im Ausland wollen solche Leute anonym bleiben, manchmal reisen sie sogar inkognito. Wenn sie nach Deutschland kommen, sei es geschäftlich oder als Touristen, benötigen sie – außer den eigenen Bodyguards – einen Mann vom Fach mit tadellosem Ruf, dem sie hundertprozentig vertrauen können. Einen, der perfekt Deutsch spricht und sich in Deutschland sehr gut auskennt.

Meistens mietete Josif eine erstklassige, aber unauffällige Limousine, mit der er sie chauffierte. Er war ihr ständiger Begleiter: Bodyguard, Übersetzer, Fahrer, Berater. Er buchte Hotels, fuhr mit zu den Geschäftsverhandlungen, zum Shoppen, ins Casino, zu den Fußballspielen oder zum Skifahren. Josifs Honorar betrug 1000 Euro am Tag zuzüglich Spesen.

2006 war ein besonders gutes Jahr gewesen. Ein fußballverrückter Oligarch namens Romanowitsch, der in England und Russland Fußballvereine besaß, kam im Sommer für vier Wochen zur Weltmeisterschaft nach Deutschland. Im selben Jahr buchte er Josif noch mal für drei Wochen in Kitzbühel, wo er mit seiner Frau und der fünfjährigen Tochter Skiurlaub machte. Er war es, der Josif den Kimono schenkte und noch einen weißen italienischen Designeranzug, der vermutlich mehr gekostet hatte als Josifs Lada. Leider war es das Abschiedsgeschenk. Ohne Josifs Verschulden endete der Auftrag nicht wirklich zufriedenstellend.

Es passierte Folgendes: Josif fuhr mit der Frau und der Tochter des Oligarchen zum Skifahren. Romanowitsch hatte, wie vorher mit Josif geplant, über Magenverstimmung geklagt und war im Hotel geblieben. Kaum war Josif losgefahren, ging Romanowitsch in Josifs Zimmer. Dort bekam er Besuch von zwei ausgesprochen attraktiven slowakischen Studentinnen, die ihr Studium am Wiener Konservatorium mit gelegentlichen erotischen Dienstleistungen finanzierten. Romanowitsch hatte die jungen Frauen vor Kurzem beim gemeinsamen Essen mit dem damaligen italienischen Ministerpräsidenten kennengelernt.

Zuerst schien alles nach Plan zu laufen. Doch die Weisheit »Der Mensch denkt, Gott lenkt« macht leider auch vor überzeugten Atheisten und Multimilliardären nicht halt. Wegen einer Unwetterwarnung wurden alle Skipisten geschlossen. Alina, die Frau des Oligarchen, beschloss spontan, zurück ins Hotel zu fahren, sich umzuziehen und einen Shoppingausflug nach Mailand zu unternehmen. Josif bestellte ein Helikoptertaxi und rief Romanowitsch an – jede Planänderung musste natürlich mit ihm abgesprochen werden –, doch bei all seinen Handys ging nur die Mailbox an. Auf der Rückfahrt ins Hotel hielt Josif an einer Tankstelle an (»Entschuldige, Alina, ich bekomme Durchfall, und übel ist mir auch. Das muss der Kaiserschmarrn gewesen sein, den ich gestern mit deinem Mann gegessen habe«) und ging auf die Toilette. Dort versuchte er, Romanowitsch und seine zwei Bodyguards zu erreichen, doch niemand ging ans Telefon. Zerrissen zwischen der Männersolidarität auf der einen und dem berufsbedingten Pflichtgefühl auf der anderen Seite (oberste Priorität hatte natürlich die Aufgabe, die Familie des Oligarchen keine Sekunde aus den Augen zu lassen), kehrte er nach einer Viertelstunde zum Auto zurück und fuhr ins Hotel. Dort angekommen, gingen Josif, Alina und das Kind zum Aufzug. Der Aufzug kam, die Tür öffnete sich, und Alina erblickte zuerst die beiden Bodyguards. Hinter ihren breiten Schultern entdeckte sie ihren Mann im Kimono. Die zwei jungen Frauen sah Alina erst auf dem Weg nach oben, weil sie zwischen Romanowitschs Beinen unter dem Kimono knieten und ihm die Fahrt versüßten. Der Ausflug nach Mailand wurde ersatzlos gestrichen. Wie sich herausstellte, war Romanowitsch nicht erreichbar gewesen, weil er mit den Studentinnen in der Sauna im Kellergeschoss saß und dort keinen Empfang hatte. Seine zwei Bodyguards hockten davor.

Alina reiste noch am selben Tag nach London ab. »Die Scheidung wird mich sieben Milliarden mehr kosten als die Bankenkrise«, seufzte Romanowitsch und behielt später auf die Milliarde genau recht. (Bei der Bankenkrise hatte er nachweislich keine Verluste gemacht.) Er zahlte Josif aus und schenkte ihm zum Abschied den hellen Anzug, den Kimono und die zwei Studentinnen – alles Dinge, die ihm an diesem Tag kein Glück gebracht hatten. Die Kleider nahm Josif an, die Mädchen schickte er nach Hause; die Ereignisse dieses Tages hatten auf ihn keine aphrodisierende Wirkung ausgeübt.

Lang, lang war es her. Die letzten Jahre liefen nicht so gut. Die Sache mit dem Oligarchen hatte sich herumgesprochen. Auch wenn Josif keine Schuld traf, wurde er von den meisten Auftraggebern gemieden, Aberglaube gehört bei den Neureichen zu den meistverbreiteten Eigenschaften. Er hatte nur kleine Aufträge, so was wie die Überwachung der Schwarzgeldübergabe bei Geschäftsabschlüssen, Vermittlung bei Nichtauszahlung des vereinbarten Lohns für

Schwarzarbeit auf dem Bau oder Beschattung des Ehepartners im Auftrag des eifersüchtigen Gatten.

»Josif, hast du keinen Hunger?«

Silvia aß langsam und gleichmäßig. Sie hat es sich zur Gewohnheit gemacht, jeden Bissen mindestens 20 Mal zu kauen.

Josif hielt das Telefon in der Hand und überlegte, ob er Judith anrufen sollte.

Judith stand etwas abseits von den Kollegen am weit geöffneten Zauntor vor dem Theatergelände. Die Straße war weiträumig abgesperrt. Ein paar Schaulustige standen hinter der Absperrung und schauten der in solchen Fällen üblichen Betriebsamkeit zu. In und vor dem bis auf die Grundmauern abgebrannten Gebäude wurden Spuren aufgenommen. Mehrere Polizeiautos und ein Leichenwagen parkten vor dem Tor. Judith sah Sandini, der wie ein Gespenst vor dem Haus herumschlich. An einer über 100 Jahre alten Eiche, die vermutlich noch sein Großvater gepflanzt hatte, blieb er stehen und übergab sich. Jan Babbel ging leicht humpelnd zu Judith hinüber. Es nieselte. Doch die kühlen Tropfen auf ihrem Gesicht störten sie weit weniger als die warme Flüssigkeit, die durch die Unterhose an ihrem Oberschenkel heruntersickerte. Um kurz vor sechs hatte das Telefon geklingelt. Sie hatte weder gefrühstückt noch geduscht und – das war das Ärgerlichste – ihre Tasche zu Hause liegen lassen, in der sie immer einen Notfalltampon aufbewahrte.

»Du siehst ganz schön mitgenommen aus.« Jan

war gnadenlos ehrlich. »Die Bürotür war abgeschlossen. Pechstein hatte keine Chance, zu entkommen.«

»Jan, ich muss mal … Bin in zehn Minuten zurück.«

Das Toscanini war das nächste Lokal, das am Ostersonntag um diese Zeit mit Sicherheit geöffnet hatte.

Judith hatte es sich antrainiert und inzwischen zum unumstößlichen Prinzip gemacht, in allen Situationen bei den eigenen Gefühlen und Gedanken kompromisslos nach Klarheit und Ehrlichkeit zu suchen. So musste sie sich auf dem Weg zum Toscanini eingestehen, dass sie über ihre einsetzende Periode nicht erleichtert, sondern enttäuscht und traurig war. Dass sie solche Gefühle hatte, ärgerte sie. Es gab kein einziges logisches Argument, weshalb sie sich ein Kind von und mit Josif wünschen sollte.

Als sie auf der Toilette saß und mit dem Toilettenpapier das Blut von Oberschenkel und Unterhose wischte, vibrierte nah am Herzen in der linken Innentasche ihrer Lederjacke das Handy. Josif war dran.

»Gibt es Neuigkeiten? Wo bist du gerade?«

»Josif, ich bin Polizistin. Es gibt Sachen, die du nicht unbedingt wissen musst.«

»Hast du heute Abend was vor?«

»Weiß ich noch nicht. Wenn ich mich langweilen möchte, ruf ich dich an.«

»Danke, das ist nett. Ruf mich bitte auf jeden Fall an.«

11

Josif legte auf und ging ins Büro. Dort holte er sein Handy, ein neun Jahre altes, großes und unverwüstliches Nokia, aus seiner Jackentasche, um es von »lautlos« auf »draußen« umzustellen. Dabei fand er die Ostereier und die Taschentücherpackung mit dem Zettel von Ahmets Windschutzscheibe. Er kam zurück in die Küche und las das Gekritzel noch einmal: »hau ab du türken Schwein Deutschland für Deutsche!«

»Was hast du da, einen Liebesbrief?«

»Zieh dich an, dann sag ich es dir.« Josif zog den Kimono aus, warf ihn Silvia zu und ging ins Schlafzimmer, um sich seine Jogginghose und ein T-Shirt anzuziehen. Heute, am Sonntag, erwartete er keinen Besuch. Halb unwillig, halb neugierig legte Silvia den Kimono an und ging ins Bad, um sich im Spiegel anzuschauen. Einen anderen Spiegel gab es in der Wohnung nicht.

»Also, von wem ist der Zettel?«

»Silvia, du kennst dich doch mit Grafologie aus?«

»Klar, ich habe an der Uni ein Grafologieprogramm mitentwickelt.«

Josif gab ihr den Zettel.

»Kannst du damit was anfangen?«

»Muss ich nur eben einscannen. In 90 Minuten ist das Ergebnis fertig.«

Sie ging ins Büro, um den PC hochzufahren.

»Ich habe übrigens auch deine Schrift analysiert. Weißt du, was herausgekommen ist?«, rief sie.

Josif hörte seine Mailbox ab. Zwei Anrufe, beide

von heute früh von Judith, der zweite schon deutlich genervt.

»Nein.«

»Soll ich's dir sagen?«

»Nein danke.«

»Nein? Warum nicht?«

»Wenn herausgekommen ist, dass ich ein guter und intelligenter Mensch bin, weiß ich's ja ohnehin. Und wenn das Ergebnis anders ist, dann liegt ein Fehler vor. Das muss ich mir ja nicht anhören.«

Josif folgte Silvia ins Büro. In diesem Augenblick klopfte es kurz und laut an der Tür. Da sie nicht abgeschlossen war, trat Çoban sofort ein. Der Vermieter, ein kleiner kerniger Mann um die 50, wohnte im selben Haus. Passend zum gestutzten grauen Bart – er war schon einmal in Mekka gewesen – trug er ein weißes Hemd, einen dunklen Anzug und eine Gebetskette in der Hand. Mit einem selbstgerechten, misstrauischen Blick checkte er die Lage und wusste sofort Bescheid: eine Sekretärin im Bademantel und ihr Chef mit T-Shirt und Jogginghose. Die westliche Kultur ist dem Untergang geweiht. Ausschweifung und Gottlosigkeit, wohin man auch blickt. Dabei ist es doch so einfach, ein rechtschaffener Mann zu sein, wenn man sich an die vorgeschriebenen Lebensrichtlinien hält. Was richtig und falsch ist, steht im einzig wahren Buch, im Koran. Beten, fasten, Armensteuer zahlen …

Çoban konnte stolz auf sich sein. Ihm gehörten ein Gemüseladen, ein Wohnhaus, eine Frau und zwei Kinder. Mit 30 hatte er die 16-jährige Leyla in Anatolien geheiratet und nach Deutschland gebracht. Sie war eine gute Wahl. Sie war fleißig, hatte ihm in all den Jahren kein einziges Mal widersprochen und ihm zwei gute, gesunde Söhne geboren: Tayfun und Ibrahim, inzwischen 17 und acht Jahre alt.

Stark und geradlinig bleiben, das ist die Devise. Nichts tolerieren, nichts akzeptieren, was seinem Glauben, seiner unumstößlichen Überzeugung, seinen Prinzipien nicht entspricht. Am liebsten hätte er Bondar, diesen Sünder, diesen einzigen Nichttürken im ganzen Haus, rausgeschmissen. Das wäre richtig. Nur … für diesen feuchten, im Winter zu kalten, im Sommer zu heißen 55 Quadratmeter kleinen Anbau 650 Euro Miete von einem rechtschaffenen Moslem zu verlangen, wäre eine Sünde. Dieser Zwiespalt ärgerte Çoban, machte ihn wütend. Bondar hier wohnen zu lassen war ein Kompromiss, und er hasste Kompromisse. Noch dazu musste er im letzten Jahr ständig der Miete hinterherrennen.

Nachdem Çoban eingetreten war – die Wohnung gehörte ja ihm –, erwartete er eine Begrüßung. Nichts geschah. Bondar schien ihn nicht zu beachten, ja sogar zu ignorieren, seine Sekretärin fummelte weiter am Computer herum. Bondar ging in die Küche.

So geht niemand mit einem Çoban um! Er wurde immer wütender, bis es endlich aus ihm herausplatzte:

»Was denken Sie, wer Sie sind?!«

Josif kehrte aus der Küche zurück, mit einem Osterei in der Hand und mit einem Ausdruck, als würde er Çoban eben erst bemerken.

»Ah, da ist ja der Vermieter von diesem Rattenloch. Nett, dass Sie vorbeikommen. Im Bad sind inzwischen schon zwei Wände verschimmelt, der Kohleofen ist undicht, und im Schlafzimmer geht das Fenster nicht richtig zu. Ich bitte Sie, das bis Ende nächster Woche zu beheben. Sobald die Reparaturen erledigt sind, werde ich die ausstehende Miete überweisen. Frohe Ostern.« Mit einer schnellen Handbewegung überreichte er dem Vermieter das Osterei. Çoban nahm das Ei reflexartig an, fixierte Josif mit seinen kleinen hasserfüllten Augen, drehte sich wortlos um und ging hinaus.

»Was denkst du, Silvia, wird er mit dem Ei machen?«

»Das ist mir egal, Josif. Hast du schon mal darüber nachgedacht, wie viel Platz eine Henne in einem Betrieb mit konventioneller Käfighaltung zur Verfügung hat?«

12

Ein Kaffee to go und ein Taschentuch in der Unterhose stärkten Judiths Lebensgeister. Am Theater angekommen, sah sie zu, wie die sterblichen Überreste von Christian Pechstein im Leichensack in den Wagen geschoben wurden. Es regnete ohne Pause. Judith fiel ihr Religionslehrer in der Oberstufe ein. Bei einer Diskussion hatte ein Schüler gefragt: ›Wenn es Gott gibt, warum lässt er zu, dass so viele Menschen unter Dürre leiden, während woanders sinnloserweise so viel Regen niederprasselt?‹ ›Nun, mein Junge‹, hatte der Lehrer, ein gemütlicher Rheinländer, geantwortet, ›Gott ist kein Wasserwerk.‹

Judith ging hinüber zu Sandini, der an der alten denkmalgeschützten Eiche lehnte und in den grauen Himmel hinaufschaute. Jan, dem sie auch einen Kaffee mitgebracht hatte, folgte ihr.

»Herr Sandini …«

Er schaute sie mit roten verweinten Augen an, blass, zitternd. Judith reichte ihm ein Taschentuch.

»Herr Sandini, ich kann mir vorstellen, wie Sie sich fühlen, ich würde trotzdem …«

Sandini unterbrach sie:

»Nein, das können Sie sich nicht vorstellen. Ich bin schuldig, mitschuldig an Christians Tod. Ich hätte das Stück absetzen müssen.«

Sandini schnäuzte sich ins Taschentuch.

»Ich hätte mir denken können, dass der Staat, dass die Polizei, Wichtigeres zu tun hat, als ein kleines Theater und damit ein wenig Meinungsfreiheit und Demokratie zu schützen.«

»Ich sehe das nicht so. Sie haben Ihre Pflicht getan, haben Mut bewiesen und konsequent gehandelt. Sie sind Ihrem Vater gerecht geworden. Wir haben diese Tat nicht verhindern können, aber glauben Sie mir, ich werde alles Menschenmögliche tun, um den Täter zu finden. Dieser Mord ist zu meinem persönlichen Fall geworden. Glauben Sie, dass Sie in der Lage sind, mir ein paar Fragen zu beantworten?«

Sandini nickte.

Als Jan Babbel hinzugetreten war, begann Judith mit ihren Fragen.

»Wer hat das Theater gestern zuletzt verlassen?«

»Das muss Anna Hiller, meine Regieassistentin, gewesen sein, wenn sie nicht auch …«

»Nein, nein, es gibt definitiv nur eine Leiche«, sagte Jan, trank seinen Kaffee aus und warf den leeren Becher ins Gebüsch. Judith schaute ihn vorwurfsvoll an. Er zuckte mit den Schultern:

»Was? Ist kompostierbar.«

»Sie wollte mit Christian reden und blieb mit ihm im Büro«, fuhr Sandini fort.

»Die anderen Schauspieler waren bereits ins Toscanini gegangen. Anna sollte das Theater abschließen und nachkommen.«

»Können Sie mir die Telefonnummer von Anna Hiller geben?«, fragte Judith, hob Jans Kaffeebecher auf und steckte ihn mit ihrem leeren Becher zusammen. Sandini zog sein Handy aus der Tasche, suchte Annas Nummer und diktierte sie. Jan tippte die Nummer in sein Smartphone und rief direkt an.

»Jan Babbel, Polizei Köln, Mordkommission. Frau Hiller, melden Sie sich bitte umgehend unter der Nummer …«

Judith ging hinüber zum Theatereingang und entsorgte die Becher im kleinen Mülleimer, der bereits untersucht worden war. Ihr fiel ein, dass heute Sonntag war, die Müllabfuhr also nicht arbeitete. Sie bat den Einsatzleiter, alle Mülltonnen in der Nachbarschaft nach einem Benzinkanister zu durchsuchen, und wandte sich dann erneut an Sandini.

»Herr Sandini, denken Sie bitte nach: Als Sie das Theater verlassen haben, ist Ihnen da nichts Außergewöhnliches aufgefallen?«

»Entschuldigen Sie bitte, ich muss mich kurz hinsetzen.«

Sandini schleppte sich bis zur nächsten Bank. Es war eine alte Bank aus der Gründerzeit, die unter den kahlen Ästen einer Trauerweide stand. Unwillkürlich dachte Judith daran, wie romantisch dieser Platz wohl im Sommer sein musste, und stellte sich Sandini als jungen Mann vor, wie er hier mit seiner ersten großen Liebe im Mondschein in einer schwülen Nacht …

»Nein, nichts Außergewöhnliches. Höchstens …«

Er schaute zu Judith auf, die vor ihm stehen geblieben war.

»Ein Auto parkte nicht weit vom Eingang. Darin saß ein Mann.«

Jan schaltete sich ein:

»Können Sie den Mann beschreiben?«

»Nein, es war dunkel.«

»Haben Sie sich zufällig das Kennzeichen gemerkt?«

»Nein.«

»Automarke und Farbe?«

»Nein.«

Jan und Judith blickten sich enttäuscht an.

»Das Einzige, was mir gerade einfällt, ist ein Aufkleber an der Windschutzscheibe. ›Colonia Star Auto‹ oder so ähnlich.«

»›Autovermietung Colonia Auto Star‹ kenn ich, ist bei mir um die Ecke in Ehrenfeld in der Vogelsanger Straße«, sagte Jan.

»Das ist schon mal ein Ansatzpunkt. Jan, gehst du da vorbei und …«

»Alles klar, Chef, wird gemacht«, sagte Jan, noch bevor Judith den Satz zu Ende gesprochen hatte.

Judiths nasse Jeans klebte auf der Haut, ihre Füße waren kalt, und das Taschentuch in der Unterhose schien vollgesaugt zu sein. Sie überlegte, ob sie Sandini noch weitere Fragen zumuten konnte.

»Herr Sandini, Sie haben am Telefon über Morddrohungen gesprochen. Seit wann wurden Sie bedroht?«

»Seit Probenbeginn, also seit etwa sieben Wochen.«

»Können Sie mir sagen, wer Sie bedroht hat?«

»Die meisten Drohungen waren anonym. Bis auf einen Mann. Der war von Anfang an jeden Tag da. Ich habe ihn mal mit dem Handy gefilmt.«

Er ließ auf seinem zerkratzten Smartphone der ersten Generation die Aufnahme laufen.

Judith erkannte den bärtigen Mann von gestern, der vor und nach der Vorstellung vor dem Theater gepredigt hatte.

»Hätten Sie etwas dagegen, wenn wir die Aufnahme überspielen?«

Sandini hatte nichts dagegen. Jan ging zum Einsatzwagen und kümmerte sich um die Übertragung.

»Noch eine letzte persönliche Frage, Herr Sandini … Vielleicht ist es nicht der richtige Augenblick dafür, aber ich hatte vorhin das Gefühl, dass Sie auf dieser Bank Ihre erste Liebeserklärung gemacht haben …«

Sandini schaute sie verwundert an.

»Ich bin bei meiner Mutter in Kalifornien in einer Hippiekommune aufgewachsen. Eine Liebeserklärung hätte Besitzanspruch bedeutet. Das wäre die schwerste aller Sünden gewesen.«

Judith spürte, dass das Taschentuch in ihrer Hose jetzt sofort ausgetauscht werden musste.

13

»Also, es handelt sich um eine männliche Person, eher jung und nicht sehr schreibsicher.« Nach exakt 90 Minuten hielt Silvia das Ergebnis der grafologischen Untersuchung in der Hand.

»Ältere Frauen mit Hochschulabschluss kommen als Täter also nicht infrage. 48, 49, 50.« Josif hörte mit den Liegestützen und dem Zählen auf und setzte sich in einen Sessel.

»Danke, Silvia, wir sind einen Schritt weiter. Magst du mir einen Espresso zaubern?«

Silvia stand wortlos auf und ging in die Küche. Josif hörte die Kaffeemaschine brummen. Sie kam mit dem Espresso zurück, komplett angezogen in Jeans und dunkelgrüner Outdoor-Jacke, und stellte die Tasse auf dem Tisch ab:

»Bitte sehr, Josif. Wenn du glaubst, dich über mich lustig machen zu müssen, hoffe ich wenigstens, dass es dich glücklich macht.«

Sie nahm ihren kleinen handgenähten Leinenrucksack und ging zur Wohnungstür.

»Entschuldige, Silvia, ich wollte dich nicht verletzen. Bleib bitte hier.«

Silvia war nicht nachtragend. Sie setzte sich wieder an den Schreibtisch, zog sich aber nicht aus.

»Ich denke, dass wir es hier nicht mit Rechtsradikalen zu tun haben, sondern mit ganz gewöhnlichen Kleinkriminellen. Ersatzteilklau ist ein florierendes Geschäft. Organisierte Banden kaufen die Ersatzteile auf und verschieben sie ins Ausland: Afrika, Asien, Osteuropa, überall dorthin, wo die Menschen arm sind.«

Er rührte drei Löffel Zucker in seinen Espresso.

»Kann dein Programm dieselbe Schrift wiedererkennen?«

»Natürlich.«

Josif begann, im Zimmer herumzugehen.

»Schreib bitte auf: Spielfilmproduktion sucht männliche Jugendliche, 13 bis 25 Jahre alt, gerne auch mit Migrationshintergrund, für den Kinofilm … äh … ›7 Zwerge mit Benzin im Blut‹. Autokenntnisse sind von Vorteil. Bewerbung handschriftlich mit Passbild, Adresse und Telefon unter … Gib unser Postfach an. Mach mal bitte 30 Handzettel und häng sie hier in den Geschäften auf.«

In diesem Moment ging die Tür auf. Schon wieder Çoban. Er legte wortlos einen Brief auf den Tisch und ging hinaus. Josif öffnete ihn.

Es war die Kündigung.

»Na ja, eine Vertreibung aus dem Paradies ist es nicht. Wir haben drei Monate, um was Neues zu finden. Kannst du eine Wohnungssuchanzeige im Internet aufgeben?«

»Was soll ich denn schreiben, Josif? Ein verschuldeter ukrainischer Privatdetektiv mit Mafiakontakten und KGB-Vergangenheit sucht eine großzügige Wohnung mit Büro?«

14

»Es sind die kleinen Dinge im Leben, die einen glücklich machen«, dachte Judith. Sie freute sich über die Sitzheizung in ihrem Audi A3 und über einen Parkplatz direkt vor der Haustür – Ostern sei Dank.

Zu Hause ließ sie Wasser in die Badewanne laufen, zog die nassen Sachen aus, suchte einen Tampon und zog ihren Bademantel an. Danach holte sie sich ein Glas Rotwein aus der Küche, setzte sich in den Schaukelstuhl und rief Josif an.

»Ich gehe gleich in die Badewanne und dann sofort ins Bett. Ich bin alle, müde, total fertig und habe meine Tage.«

»Das hört sich an wie eine Einladung, die man nicht ausschlagen kann. Ich fahr sofort los. Soll ich vom Türken was mitbringen?«

»Okay, irgendwas mit Gemüse.«

Im »Istanbul«, seinem Lieblingsimbiss, bestellte Josif beim freundlichen, dicken, immer schwitzenden Besitzer eine Portion Lammfleisch mit Gemüse und eine gefüllte Aubergine.

In einer Ecke sah er Ahmet am Tisch sitzen. Er

hatte den Kopf in den Händen vergraben, das kleine Teeglas vor ihm schien kalt geworden zu sein. Josif setzte sich zu ihm.

»Ich habe Metin geschlagen«, sagte er, ohne Josif anzuschauen. Metin war Ahmets neunjähriger Sohn.

»Ich habe erfahren, dass er Scheiße in der Schule gebaut hat, dann wurde er zu Hause auch noch frech …«

»Schlimm?«

»Nein, eine Ohrfeige mit der flachen Hand, aber darum geht es nicht. Wenn du ein Kind schlägst, verlierst du den Respekt vor ihm und auch vor dir selbst. Ich wollte nie meine Kinder schlagen. Mein Vater hat mich oft … Ich hatte Angst vor ihm, aber es war keine Liebe, auch kein Respekt, nur Angst. Ich habe mir geschworen, meine Kinder nie, niemals …«

»Geh nach Hause und sprich mit ihm. Sag, es tut dir leid, sag ihm, es ist nicht einfach mit drei Kindern und ohne Arbeit, und bitte ihn, keine Scheiße zu bauen in der Schule. Ich denke, dass die Kinder viel mehr verstehen, als die Erwachsenen glauben.«

Ahmet schaute Josif dankbar an. Er war froh, dass Josif weder den Vorfall bagatellisierte noch ihm Vorwürfe machte.

»Weißt du, Josif, du bist der einzige Mensch, mit dem ich über alles reden kann.«

»Alles fertig! Soll ich was Brot beilegen?«

»Ja, bitte.« Josif klopfte Ahmet auf die Schulter, bezahlte das Essen beim freundlich lächelnden Besitzer und ging hinaus.

Als Judiths Handy klingelte, saß Josif in der Küche vor leer gegessenen Tellern und zwei ausgetrunkenen Weinflaschen. Judith kam im Schlafanzug mit der elektrischen Zahnbürste in der Hand aus dem Bad und ging ans Telefon:

»Wendel … Ja … Danke.« Sie legte auf.

»Benzinkanister gefunden in der Mülltonne im Nachbarhaus. Mit Fingerabdrücken.« Sie schaltete die Zahnbürste wieder ein.

Josif trank den letzten Schluck Wein aus Judiths Glas. Sie war fertig im Bad, fiel ins Bett und gähnte:

»Jesus ist tot, und irgendwie fühl ich mich mitschuldig.«

»Sind wir nicht alle schuld an seinem Tod?« Josif begann sich auszuziehen.

»Ich meine den Schauspieler«, murmelte Judith.

»Gehört die Erbsünde, also das schlechte Gewissen, nicht zum christlichen Lebensprinzip?«

»Josif, bitte, jetzt keine Grundsatzdiskussionen … Die Erbsünde ist dazu da, Demut und Respekt vor allem Lebenden zu erzeugen.«

»Erzeugt aber Selbstzweifel, Minderwertigkeitskomplexe und Selbsthass, der sich dann gegen andere richtet.«

»Jesus wollte die Menschen vereinen und Frieden schaffen. Er predigte Gleichheit, Toleranz und Liebe.«

»Entscheidend ist nicht, was man sagt, sondern was man tut. Die Christen unterdrückten, diskriminierten und mordeten im Namen Jesu. Ob Afrika oder Südamerika, ob Inquisition oder Kreuzzüge, eine blutige Spur, nein, ein Ozean an Blut überflutete die Erde.«

Josif hatte sich bis auf die Unterhose ausgezogen.

»Die Urchristen wurden brutal verfolgt.«

»Ja, die Nazis und die Kommunisten auch, als sie noch nicht an der Macht waren«, entgegnete Josif und ging ins Bad.

Judith drehte sich zur Wand.

»Gibt es überhaupt etwas, an das du glaubst?«, fragte sie, als er zurückkehrte und sich ins Bett legte.

»Ja, an das Gute in dir.«

»Ist das eine Lüge, ein Kompliment oder etwa ein Heiratsantrag?«

»Darüber reden wir ein anderes Mal.«

Er umarmte sie. Judith drehte sich um und legte ihren Kopf an seine Brust, atmete seinen Geruch tief ein, berührte mit den Lippen seine Brustwarze und schlief sofort ein.

15

Das nur 28 Quadratmeter kleine, aber feine Luxusapartment von Jan in einem Hochhaus mit Sonnenterrasse, Schwimmbad und Sauna lag nur zehn Minuten Fußweg von der Autovermietung »Colonia Auto Star« entfernt. Auf dem Weg dorthin kaufte er in einer Selbstbedienungsbäckerei Kaffee und Schinkenbrötchen und verspeiste es draußen an einem Stehtisch. Nach tagelangem Regen schien an diesem

Morgen endlich die Sonne. Es war der erste wirklich warme Frühlingstag in diesem Jahr. Die Menschen, die wie er draußen standen, lächelten und genossen die Sonnenstrahlen. Jan genoss die Sonne nicht. Das Licht war ihm zu grell, und sein Schädel brummte. Er hatte gestern erfolglos versucht, sich den Frust wegzusaufen. Wegen der blöden Knieverletzung, die er sich im Halbfinale der NRW-Shotokan-Karate-Meisterschaft zugezogen hatte, konnte er nicht mit der Nationalmannschaft zur Weltmeisterschaft nach Kanada fahren. Jan war schon 33 Jahre alt. Das bedeutete wohl das Ende seiner aktiven Sportlerkarriere. Mit zwölf hatte er mit Karate angefangen. Bis dahin war er der absolute Außenseiter in der Schule in der sauerländischen Kleinstadt Kierspe gewesen, wurde gehänselt und geschlagen. Er sah sehr fremdländisch aus (sein leiblicher Vater war Inder) und war der Kleinste in der Klasse. Auch jetzt maß er gerade mal 169 Zentimeter. Mit Karate wurde alles anders. Jan wurde selbstbewusst, lernte Disziplin und Ausdauer und erwarb die Fähigkeit, im richtigen Moment eine schnelle Entscheidung zu treffen.

Bei »Colonia Auto Star« war Jan der einzige Kunde. An der langen Theke sah er zwei Schalter. An einem saß ein sehr gepflegter, zarter junger Mann, der ihn verheißungsvoll anschaute und mehr als freundlich anlächelte. Der zweite Platz war nicht besetzt.

»Guten Morgen. Was kann ich Schönes für Sie tun?« Der junge Mann sang mehr, als dass er sprach.

»Babbel. Kriminalpolizei.«

»Oh, wie spannend! Wie kann ich Ihnen helfen?«

In diesem Moment trat aus dem Nebenzimmer seine Kollegin, die den zweiten Schalter ansteuerte. Jans Blick streifte zuerst ihren Körper: strammer mittelgroßer Busen, schmale Taille, geschwungenes Becken. Dann schaute er hinauf in ihr Gesicht und traf eine sekundenschnelle Entscheidung. Er ließ den jungen Mann sitzen, der ihm gekränkt hinterherschaute, und ging zum anderen Schalter.

»Babbel. Kriminalpolizei.« Er zeigte seinen Ausweis. Am Schalter klebte ein kleines Schild mit ihrem Namen: Nina Neumayer.

»Guten Morgen, Nina. Ich brauche eine Liste von allen Pkw, die am letzten Samstag vermietet waren. Kennzeichen, Automodelle, Namen und Adressen der Kunden.«

Nina hatte kurzes blondes Haar, ein offenes Gesicht und lachende Augen, bei deren Anblick Jan das Gefühl bekam, dass er jahrelang in sie hineinschauen wollte.

»Hat da einer falsch geparkt?« Sie stellte am Computer die Liste der Autos zusammen.

»Nee, ist eher falsch ausgestiegen.«

»Wie meinen Sie das?«

»Kann ich Ihnen nicht verraten, sonst bin ich meinen Job los und hab kein Geld, Sie heute Abend zum Essen einzuladen.«

»Wäre nicht so schlimm. Ich habe heute Abend eh keine Zeit.«

»Morgen?«

»Auch nicht.« Nina ging zum Drucker.

»So, die Liste ist fertig. Neun Pkw waren vermietet.«

»Wie wäre es denn am Wochenende?«

Nina wartete, bis die Liste ausgedruckt war, und reichte sie Jan.

»Sie geben aber nicht so schnell auf, oder?«

»Ich gebe nie auf.«

»Meinetwegen, bevor Sie mich verhaften. Am Sonntag in zwei Wochen um elf Uhr zum Frühstück. Kennen Sie das Toscanini in Sülz?«

»Nein, aber ich werde es finden.«

Jan steckte die Liste ein und ging hinaus. Er hatte das Gefühl, nicht mehr zu humpeln.

Der junge Mann vom anderen Schalter schaute Nina an. Es war ein neidischer Blick.

16

Auszüge aus dem Protokoll der Zeugenbefragung: Anna Hiller

Wendel: Danke, dass Sie sich Zeit genommen haben, zu uns zu kommen, Frau Hiller. Wie lange sind Sie schon am Sülzer Theaterhaus angestellt?

Hiller: Ich bin gar nicht angestellt. In der freien Theaterszene ist niemand angestellt. Wir arbeiten alle freiberuflich für sehr wenig Geld.

Wendel: Wie sind Sie an das Theater gekommen?

Hiller: Gabriel Sandini hat an der »Schauspielakademie« unterrichtet, wo ich meine Ausbildung gemacht habe. Das war vor vier Jahren.

Wendel: Sie sind Schauspielerin?

Hiller: Ja. Bei diesem Stück gibt es aber keine Frauenrollen, deswegen hat mir Gabriel Sandini die Regieassistenz angeboten.

Wendel: Frau Hiller, haben Sie nach der Premiere das Theater als Letzte verlassen?

Hiller: Nein. Christian Pechstein blieb noch da.

Wendel: Warum ist er nicht mit Ihnen zusammen gegangen?

Hiller: Er wollte alleine bleiben.

Babbel: Warum wollte er alleine bleiben? Es war nach der Premiere. Alle haben gefeiert.

Hiller: Er wollte über sein Leben nachdenken.

Wendel: Wir haben nach dem Brand festgestellt, dass die Tür zum Büro verschlossen war. Haben Sie dafür eine Erklärung?

Hiller: Christian hat sie von innen abgeschlossen. Er wollte alleine sein, das habe ich Ihnen schon gesagt.

Babbel: Worüber haben Sie mit ihm gesprochen?

Hiller: Das geht niemanden etwas an.

Babbel: Das heißt, Sie verweigern die Aussage?

Hiller: Ist das hier ein Verhör?

Wendel: Noch ist dies eine Zeugenvernehmung. Sie können natürlich jederzeit von Ihrem Recht Gebrauch machen, die Aussage zu verweigern. Dann muss ich allerdings davon ausgehen, dass Sie uns etwas verheimlichen wollen, was möglicherweise die Ermittlungen weiterbringen könnte.

Hiller: Ich verheimliche nichts, was Ihre Ermittlungen angeht, aber ich fühle mich nicht verpflichtet, über meine persönlichen Beziehungen zu reden.

Babbel: Was für eine Beziehung hatten Sie zu Christian Pechstein?

Hiller: Wie ich schon sagte, es geht niemand was an.

Babbel: Warum sind Sie nicht auch zur Premierenfeier ins Toscanini gegangen?

Hiller: Mein Babysitter konnte nur bis Mitternacht bleiben.

Wendel: Wie alt ist Ihr Kind?

Hiller: Max ist 20 Monate alt.

Wendel: Sie sind alleinerziehend?

Hiller: Ja.

Babbel: Um wie viel Uhr haben Sie das Theater verlassen?

Hiller: Um kurz vor zwölf, ich wohne in Sülz in der Nähe des Theaters.

Wendel: Haben Sie das Theater abgeschlossen?

Hiller: Nein, ich habe Christian den Schlüssel dagelassen. Er sollte abschließen und den Schlüssel Sandini übergeben. Christian wollte später noch ins Toscanini.

Wendel: Ist Ihnen vor dem Theater etwas Außergewöhnliches aufgefallen?

Hiller: Nein.

Babbel: Haben Sie vor dem Theater ein parkendes Auto gesehen?

Hiller: Ich habe nicht darauf geachtet.

17

Auszüge aus der Zeugenbefragung:
Jörg Schmocke (Petrus-Darsteller)

Wendel: Herr Schmocke, ist Ihnen etwas Besonderes aufgefallen, als Sie das Theater verlassen haben?
Schmocke: Nein.
Wendel: Warum war Christian Pechstein nicht bei der Premierenfeier?
Schmocke: Er ist mit Anna Hiller im Theater geblieben. Sie wollte mit ihm reden.
Wendel: Was für ein Verhältnis hatten die beiden?
Schmocke: Schwer zu sagen. Über sein Privatleben wusste man fast nichts. Es gab das Gerücht, dass sie was miteinander hätten. Aber das konnte ich nicht wirklich glauben.
Wendel: Warum konnten Sie das nicht glauben?
Schmocke: Weil Christian eigentlich schwul war. Er war seit Jahren mit Manfred Stock zusammen, aber auch das hat er versucht, geheim zu halten.

18

Auszüge aus der Zeugenbefragung:
Manfred Stock (Judas-Darsteller)

Wendel: Herr Stock, Sie waren wohl der Letzte, der das Theater vor dem Brand betreten hat. Ist Ihnen …

Stock (unterbricht): Wie kommen Sie darauf?

Wendel: Sie haben Ihr Handy im Theater liegen lassen und sind vom Toscanini dorthin zurückgegangen.

Stock: Ich dachte nur, ich hätte es da liegen lassen. Das Handy war aber in meiner Jackentasche. Es hat geklingelt, als ich auf halbem Weg zum Theater war.

Babbel: Können Sie das beweisen?

Stock: Der Anruf müsste unter »angenommene Anrufe« gespeichert sein.

Babbel: Kann ich Ihr Handy haben? Ich möchte das gern überprüfen.

Stock: Natürlich.

Babbel: Hier ist tatsächlich ein angenommener Anruf um 0.17 Uhr verzeichnet. Vielen Dank!

Wendel: Was für ein Verhältnis hatten Sie zu Christian Pechstein?

Stock: Zuletzt keins.

Wendel: Ich habe gesehen, wie Sie mit dem Knie Pechstein in die Genitalien getreten haben.

Stock: Das ging doch bei ihm gar nicht, er hatte keine Eier.

Wendel: Wie meinen Sie das?

Stock: Er hatte einfach keine Eier. Ein Waschlappen. Er war schwul, hatte seit fünf Jahren eine Beziehung mit mir, das sollte aber bitte schön ein Geheimnis bleiben, wegen der Eltern. Es war eine Tragödie, als sein Papi dann doch davon erfuhr. Christian war danach ein halbes Jahr wegen Depressionen in Behandlung. Irgendwann hatte er wohl auch was mit Anna Hiller. Ich denke sogar, dass das Kind von ihm ist. Aber auch das sollte niemand erfahren, vor allem ich nicht.

Wendel: Danke, Herr Stock, Sie können jetzt gehen. Ich möchte Sie aber bitten, die Stadt bis auf Weiteres nicht zu verlassen. Vielleicht brauchen wir noch weitere Informationen von Ihnen.

II

1

Silvia hatte ein himbeerfarbenes peruanisches Biobaumwollkleid an, saß am Computer und wertete die Bewerbungen für »7 Zwerge mit Benzin im Blut« aus. Es waren insgesamt 38.

»Ist Doktor Buchs zurück aus dem Urlaub?« Josif saß auf dem Sofa und studierte die Wohnungsannoncen in der Zeitung.

»Ja. Woher weißt du das?«

»Siebter Sinn. Wie viele Bewerbungen hast du schon durch?«

»Das ist die sechsundzwanzigste, und … ja! Sie ist es! Das ist ganz eindeutig dieselbe Schrift wie auf dem Zettel.«

Sie überreichte Josif ein handgeschriebenes Blatt mit einem darauf geklebten Passfoto. Er las vor:

»Sehr geehrte Damen und Herren, ich heiße Tayfun Çoban und bin 17 Jahre alt. Ich bin gut in der Schule und liebe Autos. Ich habe gerade meinen Führerschein fertig gemacht. Ich wohne in der Keupstraße. Meine Handynummer ist …«

Josif rief sofort an:

»Spreche ich mit Tayfun?«

»Ja, wer ist da?«

»Du hast dich für ›7 Zwerge mit Benzin im Blut‹ beworben?«

»Ja.«

»Schön. Kannst du in einer halben Stunde an der Ecke Keup- und Holweider Straße sein?«

»Klar! Bin ich besetzt?!«

»Ich denke, dass du der Richtige bist, und freue mich aufrichtig, dass ich dich gefunden habe.«

Tayfun wartete ungeduldig an der Ecke. Seine schulterlangen schwarzen Haare hatte er zu einem Pferdeschwanz zusammengebunden. In einiger Entfernung standen seine Kumpels, vier andere Jungs, die sich den Aufstieg Tayfuns zum Filmstar nicht entgehen lassen wollten.

»Hallo Nachbar!« Tayfun blickte Josif überrascht an. Seine Augenlider waren gerötet und die Augen noch kleiner als sonst.

»Wie viel Benzin hast du denn schon im Blut? Komm mal mit.«

Schweigend gingen sie die Holweider Straße entlang, gefolgt von den anderen Jungs. Vor dem Autogerippe blieb Josif stehen.

»So, Tayfun, du hast zwei Möglichkeiten. Möglichkeit eins: Wir gehen zu Ahmet, dem dieses traurige Wrack gehört, und erzählen ihm, wie es dazu gekommen ist. Ich gucke ehrlich weg, wenn er dir ein paar Knochen bricht. Dann gehen wir zu deinem Vater in seinen Gemüseladen und erzählen ihm die Geschichte. Auch da werde ich mir die Ohren zuhalten und den Kinderschutzbund nicht benachrichtigen.

Versprochen. Und dann gehen wir zur Polizei. Und dort sagst du, wie deine Kumpels heißen. Und wenn du den Helden spielst, gehen wir wieder zu Ahmet und dann wieder zu deinem Vater, bis du von deinen Freunden erzählst, denen du die Ersatzteile verkauft hast. Und deswegen werden deine Freunde sauer auf dich sein, und was dann passiert, kannst du dir selbst vorstellen. Das ist Möglichkeit eins.

Möglichkeit zwei: Du und deine Kumpels kümmert euch darum, dass die Kiste bis morgen früh genau so aussieht, wie sie vorher ausgesehen hat. Und ich gebe dir mein Ehrenwort, dass es dann unter uns bleibt.«

Tayfun schaute Josif mit offenem Mund an, schluckte und sagte:

»Möglichkeit zwei.«

»Eine weise Entscheidung.«

2

Der zornige bärtige Mann, der am Premierenabend vor dem Theater gepredigt hatte, schimpfte von der Leinwand im Polizeipräsidium:

»Ihr seid der Abschaum. Ihr seid des Teufels Werk! Ich verfluche euch, auf dass euer Haus niederbrenne und der Erdboden euch verschlucke! Denn ich bin Gottes Stimme, und Jesus Christus ist mein älterer Bruder. Und wer ihn beleidigt, hat meinen Zorn auf sich geladen, und mein Zorn wird auf euch Sünder niederprasseln und euch vernichten, wie einst Sodom und Gomorrha vernichtet wurden!«

Judith, Jan und die Polizisten, die vor dem Theater Wache geschoben hatten, schauten sich die Aufnahme von Sandinis Handy an.

»Janz schön böse, dat Kläuschen«, sagte Jupp Truschnik, der einzige echte Kölner im Team, groß, glatzköpfig, mit einem schwarz gefärbten Schnurrbart. Er hatte letzte Woche seinen 60. Geburtstag gefeiert und stand kurz vor dem vorzeitigen Ruhestand.

»Was meinst du?«, fragte Judith.

»Dat is doch Klaus der Prophet. Er glaubt, er ist Gottes Sohn, und macht leider auch kein Jeheimnis draus. Klaus Schiffenbusch heißt er bürgerlich. Kennt hier jeder in Köln. Aber die Kollegen sin' ja aus Düsseldorf zujereist.«

»Aus dem Sauerland«, sagte Jan.

»Mettmann-Neandertal«, sagte Judith.

»Is ja jut, isch han nix jäje Migranten.«

»Weißt du, wo er wohnt?«, fragte Jan.

»Der hat zwei Wohnsitze, Sommer- und Winterresidenz. Im Sommer unter der Hohenzollernbrücke, im Winter in der Annostraße im Obdachlosenheim.«

»Und im Frühjahr?«, fragte Jan.

»Jute Frage«, Jupp drehte an seinem Schnurrbart und schien nachzudenken, »da würde ich Interpol einschalten.«

Die Kollegen schmunzelten. Jan fand es nicht witzig.

3

Tayfun hatte sein Wort gehalten. Josif inspizierte das Taxi gründlich. Es sah aus wie vorher. Er holte Ahmet zu Hause ab.

»Komm mal mit, ich zeig dir was.«

Schweigend gingen sie die Straße entlang. Als Ahmet das Auto sah, verschlug es ihm die Sprache. Er schaute zum Wagen, dann zu Josif. Ungläubig umrundete er sein Taxi.

»Das ist ja meins … wie hast du das …?«

»Weißt du, Ahmet, der KGB und die Nazis hatten schon immer gute Beziehungen zueinander. Hitler-Stalin-Pakt, hast du schon davon gehört?«

Ahmet schüttelte den Kopf. »Wie kann ich dir danken?«

»Reden wir später drüber. Hauptsache, du kannst wieder arbeiten.«

Kaum hatte Josif das Büro betreten, wurde er von der nackten Silvia überrascht, die ihn überschwänglich umarmte und sogar auf die Wange küsste:

»Ich habe die Entscheidung meines Lebens getroffen!«

»Ist Doktor Buchs schon wieder in Urlaub?«

»Nein, aber ich habe die Therapie abgebrochen und wandere aus.«

»Wohin?«

»Nach Brasilien natürlich! Zu den Yanomami-Indianern. Die Sprache kann ich ja.«

»Die passende Bekleidung hast du auch schon.«

»Eben. Dort kann ich sein, wie ich bin. Und nicht nur das. Sie leben im Urmatriarchat. Keine staatlich organisierte Unterdrückung der Frau! Keine Diktatur des Konsums.«

»Hört sich paradiesisch an. Haben sie da unten keine Feinde, Spinnen, Schlangen, Malariamücken …?«

»Doch, die Zivilisation, also die Urwaldrodung, und die Waimiri-Atroari-Indianer. Ein kriegerisches Volk, das durch Überfälle das friedliche Zusammenleben der Yanomami bedroht. Aber da werden wir uns schon zu wehren wissen!«

»Wenn du Hilfe brauchst … Meine Nummer hast du ja.«

»Ich werde dich vermissen.«

»Ich dich auch. Wann geht es denn los?«

»Wenn ich genug gespart habe. Ich brauche 3000 Euro. 800 habe ich schon.«

»Gut. Ich erhöhe den Stundenlohn um 50 Cent. Allerdings werde ich die Zeit, in der du nackt bist, abziehen. Und du gehst bis zur Abreise wieder zu Doktor Buchs. Einverstanden?«

Silvias Begeisterung kippte innerhalb weniger Sekunden um.

»Josif, das ist schon wieder Erpressung!«

»Ja, KGB-Methoden. Die werde ich einfach nicht los.«

4

Bis auf Volker Schellsicks hatte Jan alle überprüft, die am Ostersamstag einen »Colonia Auto Star«-Wagen gemietet hatten. Alle waren zur Tatzeit nachweislich außerhalb Kölns unterwegs gewesen, auch die Fingerabdrücke stimmten nicht mit denen vom Benzinkanister überein. Volker Schellsicks war telefonisch nicht erreichbar, auf die schriftliche Einladung hatte er nicht reagiert. Jan fuhr zu ihm nach Hause.

Schellsicks wohnte in Köln-Porz in einer Hochhaussiedlung in einem zwölfstöckigen Gebäude. Unten auf der Klingel war sein Namensschild angebracht. Zehnte Etage. Ohne zu klingeln ging Jan ins Haus. Einer der Aufzüge war außer Betrieb. Der andere fuhr sehr langsam, war mit einem guten Dutzend Menschen, ausschließlich Ausländern, überfüllt und hielt auf jeder Etage. Die Luft war extrem stickig, Jan wurde übel. Er hatte nicht gefrühstückt, nur einen Milchkaffee getrunken, außerdem hatte er einen Kater. Seit er wegen der Knieverletzung nicht mehr trainieren konnte, trank er fast jeden Abend.

Alle Leute im Aufzug schienen zu stinken. Die Türken nach Knoblauch, die Russen nach Alkohol, Hering und Zwiebeln, die Araber nach billigstem Parfüm und ranzigem Haaröl, die Schwarzen nach säuerlich scharfem Schweiß. Sie alle hatten Mundgeruch. Warum atmeten sie bloß alle in seine Richtung? Im Aufzug hing ein Spiegel, besprüht mit Sprüchen wie »Fuck you« in allen möglichen Sprachen. Jan erspähte sich im Spiegel neben den Ausländern und erschrak: Entgegen seinem inneren Empfinden unterschied er sich optisch nicht von dieser übel riechenden Menschenmenge. Er sah aus wie einer von ihnen, wie ein Pakistani, Inder, Iraner.

Die neunte Etage, fast da. Doch ein junger Araber, der draußen stand und eigentlich nach unten fahren wollte, hielt die Tür auf und wechselte ein paar Begrüßungssätze mit seinem gleichaltrigen Landsmann, der neben Jan stand.

»Mach die Tür zu.« Jans Stimme klang gepresst.

»Hey Bruder, hast du ein Problem?«

Der Nachbar im Aufzug fletschte seine gelbbraunen Zähne. Ohne zu antworten, verließ Jan den Aufzug und stieg eine Etage die Treppe hoch. Im Treppenhaus stank es nach abgestandenem Alkohol und Pisse. Er hatte Mühe, sich nicht zu übergeben.

Als Jan in der zehnten Etage ankam, war der Araber aus dem Aufzug auch schon da. Er stand vor einer Tür ohne Namensschild und klingelte sieben Mal. Ein etwa 30-jähriger großer, muskulöser Mann mit einem blonden Zopf machte die Tür auf. Ein süßlich schwerer Haschischduft strömte aus der Wohnung.

»Volker Schellsicks?«, fragte Jan heiser. Er stand jetzt unmittelbar hinter dem Gelbzahn-Araber.

»Gehört der zu dir?«, fragte der Blonde den Gelbzahn.

»Nee, den Arsch kenn ich nicht.«

Der Araber ging in die Wohnung.

»Kriminalpolizei.«

Jan folgte ihm. Volker versuchte, die Tür zuzuschlagen, doch Jan trat mit dem Fuß dagegen und kam hinein. Der Gelbzahn holte zum Schlag aus, doch Jan war schneller. Mit dem linken Ellbogen traf er ihn ins Gesicht. Das Geräusch verriet Jan, dass er die gelben Vorderzähne wohl nie wieder würde sehen müssen. In der nächsten Sekunde brach er mit der rechten Geraden dem Blonden das Nasenbein. Und um einer möglichen Flucht vorzubeugen, zertrümmerte Jan ihm mit dem linken Fußtritt das rechte Knie. Auch dem Araber brach Jan mit einem Fußtritt die Kniescheibe, um ihn an der Flucht zu hindern, was vermutlich nicht nötig gewesen wäre, denn er lag, aus dem offenen Mund blutend, bewusstlos am Boden.

Jan rief die Kollegen und den Notarzt an.

Ihm war nicht mehr übel.

5

Auszüge aus dem Protokoll der zweiten Zeugenbefragung: Anna Hiller

Wendel: Frau Hiller, wir ermitteln in alle Richtungen. Bei der letzten Vernehmung haben Sie sich geweigert, einige Fragen zu beantworten. Sollten Sie dabei bleiben, sehe ich mich gezwungen, Sie nicht als Zeugin, sondern als Verdächtige zu verhören. Dies könnte unter Umständen eine U-Haft bedeuten. Wollen Sie die Aussage weiterhin verweigern?

Hiller: Ich habe nichts zu verheimlichen.

Wendel: Wir haben erfahren, dass Sie eine intime Beziehung mit Christian Pechstein hatten. Was ist am Premierenabend vorgefallen?

Hiller: An dem Abend habe ich Christian mitgeteilt, dass unsere Beziehung beendet ist. Ich wollte seine Geheimnistuerei einfach nicht mehr mittragen. Er wollte unser Verhältnis nicht publik machen. Sein Argument war, dass er mich nicht in Gefahr bringen wollte, wegen möglicher Entführung oder Erpressung. Sein Vater ist sehr reich, und Christian ist … war der einzige Sohn. Aber in Wirklichkeit hatte er Angst. Angst vor seinem Vater und Angst vor Manfred Stock, seinem Exfreund. Christian war ihm hörig, psychisch und sexuell abhängig. Er kam nicht wirklich los von ihm. An dem Abend hatte ich mich von Christian endgültig getrennt. Das hat ihn sehr getroffen, er hat fürchterlich geweint. Ich konnte und wollte ihn nicht trösten. Er blieb alleine zurück und schloss sich im Büro ein.

Wendel: Glauben Sie, dass Manfred Stock das Feuer gelegt haben könnte?

Hiller: Fragen Sie ihn doch selbst. Ich habe nur gehört, dass er Verbindungen zur russischen Mafia haben soll.

6

Als sie das »Samowar« betraten, fiel Judith auf, dass sie noch nie mit Josif russisch essen gegangen war.

Das Restaurant war gut besucht. Eine blond gefärbte vollbusige Sängerin um die 40 sang mit tiefer Stimme ein melancholisches russisches Lied, am E-Piano saß ein älterer Mann mit weißem Hemd und Fliege. Einige Paare tanzten eng umschlungen. Der Restaurantbesitzer, ein jovialer Mittfünfziger mit großer Nase und abstehenden Ohren, begrüßte Josif sehr herzlich und begleitete die beiden zu ihrem Tisch. Dabei sagte er auf Deutsch zu Judith:

»Freut mich, Sie kennenzulernen. Genießen Sie Essen und Musik, und vor allem genießen Sie Josif.« Sofort kam eine Kellnerin und stellte eine Flasche Moskovskaja auf den Tisch.

»Alle Getränke gehen aufs Haus«, sagte der Chef und entfernte sich.

Josif bestellte etwas auf Russisch, ohne in die Speisekarte zu schauen. Die Kellnerin kam sofort zurück und brachte noch ein drittes Besteck.

»Wer kommt denn noch?«, fragte Judith.

»Meine Mutter.«

Judith sah ihn erstaunt an. Sie wusste, dass seine Eltern seit Jahren tot waren.

»Sie hat heute Geburtstag.«

Josif schenkte der Mutter, Judith und sich Wodka ein, hob sein Glas und forderte Judith mit einer Geste auf, mitzutrinken:

»Gott habe sie selig.«

Ohne anzustoßen, trank er das Gläschen leer. Judith folgte seinem Beispiel.

Sie tranken noch ein Glas: auf das Leben. Diesmal mit Anstoßen. Beide schwiegen eine Weile. Die blondierte Sängerin gab jetzt eine herzzerreißende Zigeunerromanze. Judith schaute Josif in die Augen. Er schien weit weg zu sein. Mit einem Mal begriff sie, dass ein Teil seines Wesens ihr immer fremd und unergründlich bleiben würde. Die Kellnerin brachte die Vorspeise: Blini mit Kaviar.

»Wie laufen die Ermittlungen?« Josifs Stimme klang nicht wirklich interessiert.

»Wir haben den Brandstifter, einen Dealer. Die Fingerabdrücke am Benzinkanister stimmen mit seinen überein. Er ist noch nicht vernehmungsfähig, liegt im Krankenhaus. Jan hat zugeschlagen, nachdem der Typ und noch ein anderer Dealer ihn angegriffen haben.«

Josifs Handy klingelte. Unwillig nahm er das Gespräch an.

»Bondar ... Ja ... Morgen um elf geht in Ordnung. Schicken Sie mir die Adresse per SMS. Auf Wiederhören.« Er legte auf und stellte das Telefon auf lautlos.

»Hans Pechstein. Möchte mich gerne kennenlernen. Bei sich zu Hause.«

Judith hatte keine Lust, über Berufliches zu reden. Der Wodka, der zu wirken begonnen hatte, die herrlichen Blini und die Zigeunermusik versetzten sie in eine ausgesprochen romantische Stimmung.

»Du hast vor Kurzem gesagt, dass du an das Gute

in mir glaubst. Ist das eine Lüge, ein Kompliment oder ein Heiratsantrag?«

»Weder – noch. Keine Lüge: Ich lüge dich nicht an. Kein Kompliment: Das Gute ist in der heutigen Zeit keine Tugend, sondern eher ein Hindernis in unserer durch Leistung und Konkurrenz bestimmten Gesellschaftsform.«

Die Kellnerin brachte den Borschtsch, eine Suppe aus Roter Bete.

»Kein Heiratsantrag: Ich sehe nicht ein, warum man seine innigsten, schönsten Gefühle von einem Staatsbeamten abstempeln lassen soll.«

»Das meine ich nicht ernst mit dem Heiraten. Du bist so humorlos und unromantisch.«

»Das stimmt. Unromantisch, weil nicht frei.« Josif schenkte nach, inzwischen war die Flasche halb leer.

»Nicht frei, weil ich Angst habe: Angst, dich zu verlieren, deine Stimme nicht mehr zu hören, deine Augen nicht mehr zu sehen, Angst, dass sich dein Mund mir nicht mehr öffnet.«

»Wow! Gab es einen Poesiekurs im KGB-Studium?«

»Nicht frei, weil ich kein Vertrauen habe. Weil ich gelernt habe, dass man sich auf niemanden und nichts verlassen kann. Das einzig Zuverlässige im Leben ist die Unberechenbarkeit und die Zerbrechlichkeit der menschlichen Existenz.«

»Das ist krank.«

»Mag sein.«

»Du kannst nicht vertrauen?«

»Nein, das entspricht nicht meiner Konditionierung.«

»Dann programmiere dich anders. Was steht dir im Weg?«

Josif aß die Suppe und schwieg. Nachdem er den letzten Tropfen der blutroten Flüssigkeit ausgelöffelt hatte, sagte er:

»Ich muss im August raus aus meiner Wohnung. Sollen wir probeweise zusammenziehen?«

»Das ist der konstruktivste Vorschlag, der jemals aus dem Mund eines sowjetischen Geheimagenten gekommen ist.«

Als Hauptgericht gab es Lammschaschlik.

An den Nachtisch konnte sich Judith später nicht erinnern.

7

»Du hast eine Mahnung von der GEW. Wenn du nicht innerhalb einer Woche 138,70 Euro zahlst, stellen sie den Strom ab.« Silvia trug wieder das himbeerfarbene peruanische Kleid und sortierte Bondars Post.

»Dein Konto ist hoffnungslos überzogen, aber was ist eigentlich mit den 500 Euro von Heidi? Schon ausgegeben?«

Josif schaute in seiner Brieftasche nach:

»Nein, 300 habe ich noch. 150 für dich und den Rest für den Strom. Kannst du heute bitte direkt bei der Post einzahlen.«

Bondar reichte ihr das Geld.

»Was hast du im Netz über Hans Pechstein gefunden?«

Silvia las vor:

»Hans Pechstein, geboren 1948, ist ein Großindustrieller aus Köln, Inhaber der Möbelhauskette Pechstein. Verheiratet. Seine Frau Gisela Pechstein, Mädchenname Ulrath, geboren 1960, war Schauspielerin. Seit 1985 ist sie nach einem von Hans Pechstein verursachten Autounfall querschnittsgelähmt. Sie haben einen gemeinsamen Sohn Christian (geboren 1983).

Zur Unternehmensgeschichte:

Der Vater von Hans Pechstein, Friedrich Pechstein, hat 1936 als NSDAP- und SA-Mitglied im Zuge der Arisierung sowohl das Möbelhaus Levy im Zentrum von Köln als auch die Villa in Köln-Marienburg zu sehr günstigen Konditionen vom jüdischen Kaufmann Heinz Levy übernehmen können. Nach dem Krieg baute er das zerstörte Kaufhaus wieder auf und eröffnete drei weitere Filialen in Köln, Bonn und Gummersbach. Nach seinem Tod im Jahr 1974 übernahm Hans Pechstein das Geschäft und baute es weiter aus. Inzwischen gehören ihm 14 Filialen in Deutschland und vier in Belgien und Luxemburg. Pechstein hat unter anderem wesentliche Beteiligungen an der Köln-Düsseldorfer Privatbank, an der weltweit operierenden Baufirma Ost-West und an mehreren größeren Gewerbeimmobilien im In- und Ausland. Als Kunstliebhaber und Mäzen ist er auch über Kölns Grenzen hinaus bekannt. Er gründete den Kölnischen Kunstverein, der Stipendien an talentierte Künstler vergibt, und unterstützt seit 1979 das Sülzer Theaterhaus.«

»Was will er denn von dir, Josif?«

»Mir ein Stipendium anbieten wahrscheinlich.«

Klingel und Briefkasten waren wohl aus Sicherheitsgründen nicht beschriftet. Hans Pechstein holte Josif am Tor ab und gab ihm die Hand. Der Zaun war elektrisch gesichert und mit mehreren Kameras bestückt. Eine Bulldogge lief gemächlich neben Pechstein her. Wortlos gingen sie durch den weitläufigen Park an einem großen Brunnen mit Löwenköpfen vorbei. Dort saß im Rollstuhl eine hagere Frau mit großen traurigen Augen. Pechstein streichelte sie kurz im Vorbeigehen an der Schulter. Dann betraten sie die im englischen Landhausstil erbaute Villa. Im Haus durchquerten sie den langen Flur und landeten im 50 Quadratmeter großen Empfangszimmer. Die Bulldogge legte sich auf den riesigen alten Perserteppich und schloss die Augen. Mit einer Geste forderte Pechstein Josif auf, Platz zu nehmen. Josif fragte sich, ob der Teppich und die antiken Möbel noch dem früheren Besitzer gehört haben könnten und ob Heinz Levy wohl mit seinem Deutschlehrer Hans Levy verwandt gewesen war. Und wenn ja, ob das irgendeine Bedeutung für Josifs Leben hätte.

»Heidelinde Golub hat Sie mir empfohlen. Ich bin Inhaber der Möbelhauskette Pechstein. Ich nehme an, der Name ist Ihnen bekannt.«

Josif nickte. Pechstein hatte ein breites Gesicht, ein willensstarkes Kinn und tief sitzende stahlblaue Augen, denen das Leiden der letzten Tage deutlich anzumerken war.

»Frau Golub ist als Model seit acht Jahren exklusiv für uns tätig, sie ist sozusagen das mediale Vorzeigegesicht meines Unternehmens. Inzwischen verbindet uns eine vertrauensvolle Freundschaft. Ich verlasse mich auf ihre Empfehlungen.«

Pechstein sprach sehr ruhig, leise, fast monoton.

»Diskretion und Zuverlässigkeit ist das, was sie an Ihnen besonders schätzt, Herr Bondar.«

»Was kann ich für Sie tun, Herr Pechstein?«

»Mein Sohn Christian ist bei dem Brand im Sülzer Theaterhaus umgekommen.«

»Mein Beileid. Davon habe ich gehört.«

»Ich habe durch Zufall erfahren, dass Christian wohl ein Kind hat, zumindest hat er die Vaterschaft anerkannt.«

»Durch Zufall?«

»Ich hatte viele Jahre keinen Kontakt zu meinem Sohn, aber darum geht es jetzt nicht. Wenn der Junge tatsächlich mein Enkelkind ist, will ich mich um ihn kümmern. Ihre Aufgabe wäre, herauszubekommen, ob seine DNA mit meiner übereinstimmt.«

»Ich nehme den Auftrag an. Wären Sie mit 10 000 Euro einverstanden?«

»Ja.«

»Was wissen Sie über die Mutter?«

»Anna Hiller, Schauspielerin von Beruf, wohnhaft in …«

»Danke, das reicht«, unterbrach ihn Josif und stand auf.

Pechstein holte aus einer Schublade im Sekretär eine kleine Dose:

»Ein Wattestäbchen mit meinem Speichel für den DNA-Test.«

Josif steckte das Döschen ein.

»Falls Sie jetzt zehn Prozent anzahlen möchten, geht das in Ordnung.«

Pechstein ging hinaus und kehrte nach zwei Minuten mit dem Bargeld zurück.

»Danke. Ich nehme an, eine Rechnung brauchen Sie nicht.«

»Nein. Soll ich Sie hinausbegleiten?«

»Danke, nicht nötig.«

Ohne den Kopf vom Teppich zu heben, öffnete der Hund ein Auge und schaute Bondar gleichgültig hinterher.

8

Auszüge aus dem Verhörprotokoll: Volker Schellsicks

Wendel: Herr Schellsicks, Ihre Fingerabdrücke sind am Benzinkanister identifiziert worden. Dass Sie das Theater angezündet haben, steht also unzweifelhaft fest. Möchten Sie sich dazu äußern?

Schellsicks: Nein.

Wendel: Verstehen Sie mich bitte richtig. Wir ermitteln gegen Sie nicht wegen der Drogen, die wir in

Ihrer Wohnung gefunden haben, und auch nicht wegen Brandstiftung. Wir ermitteln gegen Sie wegen Mordes. Hatten Sie den Auftrag, Christian Pechstein umzubringen?

Schellsicks: Nein. Ich wusste nicht, dass noch jemand im Theater war.

Wendel: Wer war Ihr Auftraggeber?

Schellsicks: Ich kenne den Mann nicht. Er rief mich an und fragte, ob wir uns treffen könnten.

Wendel: Wie heißt der Mann?

Schellsicks: Er nannte sich Klaus.

Wendel: Nachname?

Schellsicks: Keine Ahnung, ich habe nicht nach seinem Ausweis gefragt.

Wendel: Haben Sie ihn gefragt, woher er Ihre Nummer hat?

Schellsicks: Ja, er sagte, von einem meiner Kunden. Den Namen wollte er nicht nennen.

Wendel: Wie sah der Mann aus?

Schellsicks: Wie ein Penner. Hatte alte verstaubte Sachen an, einen Bart, sah schon ziemlich seltsam aus.

Wendel: Wann und wo war das?

Schellsicks: Irgendwann im März. Spätabends in einem kleinen Park in Porz.

Wendel: Was hat er gesagt? Wie lautete genau sein Auftrag?

Schellsicks: Er wollte, dass ich am Ostersamstag in der Nacht das Theater anzünde. Er redete wirres Zeug. Ich würde mich von meinen Sünden für alle Zeiten reinwaschen, und ich weiß nicht, was noch, er war richtig gestört. Ich wollte schon gehen, da gab er mir 1000 in bar und sagte, dass ich am Ostersamstag noch 5000 dazubekommen würde. Da konnte ich nicht Nein sagen. Ich sollte dann am Samstag um zehn auf seinen Anruf warten. Er rief pünktlich an und sagte, der Mietwagen sei reserviert und das Geld liege in meinem Briefkasten. Stimmte alles.

Wendel: Können Sie den Mann näher beschreiben? Größe, Haar- und Augenfarbe?

Schellsicks: Wie ein Penner, mehr kann ich dazu nicht sagen. Es war stockdunkel, als wir uns getroffen haben.

Wendel: Was hat er gesprochen?

Schellsicks: Scheiße hat er gesprochen, wirres Zeug.

Wendel: Ich meine, ob er einen Dialekt gesprochen hat?

Schellsicks: Ja, schon. Der war eindeutig Kölner.

9

Nina kam pünktlich. Das Toscanini platzte aus allen Nähten. Vor allem draußen im Hof waren sämtliche Tische besetzt. Es war ein warmer Maitag, wie ihn die Dichter lieben: Sonnenschein, blauer Himmel und Vogelgezwitscher. Mit weiblicher Intuition erspähte Nina Jan sofort: Er saß drinnen am Ende des Saals an einem Zweiertisch und beobachtete den Eingang. Sie winkte ihm zu. Nina trug hohe Schuhe, einen weißen kurzen Rock und eine hellblaue Bluse.

Mit ihrem dynamischen und elastischen Gang kam sie auf Jan zu. Er hatte das Gefühl, dass er ihr stunden-, nein: monatelang einfach beim Gehen zuschauen könnte.

»Hi.«

»Hi.«

Sie lächelten sich an und gaben sich etwas förmlich die Hand. Jan achtete sehr darauf, dass er ihre Hand nicht zu lange in der seinen hielt. Als er Nina in die Augen sah, hatte er plötzlich das Gefühl, dass diese Augen genau das waren, was er sein Leben lang vermisst hatte.

»Tanzt du?«

»Ja, Jazztanz. Wie kommst du darauf?« Sie schaute ihn verwundert an. Jan genoss es, dass er sie überraschen konnte.

»Ich mache ... früher habe ich ein bisschen Kampfsport gemacht, da lernt man viel über Körperhaltung.«

Ein Kellner kam an den Tisch. Sie bestellten zwei Milchkaffee und zwei Brunch.

»Bedienen Sie sich einfach selbst!« Der Kellner ging zur Eingangstür, wo gerade eine junge Frau mit einem Kind im Buggy hereinkam und sich nach einem Platz umsah. Der Kellner zeigte in Richtung Hof, wo zwei Plätze frei geworden waren. Die Frau kam Jan bekannt vor. Er schaltete sein Gedächtnis auf »professionell« um. Natürlich, nach drei Sekunden wusste er es: Anna Hiller aus dem abgebrannten Theater. Sie ging nach draußen. Direkt hinter ihr sah Jan einen Mann um die 50 in einem auffällig eleganten hellen Anzug hereinkommen. Telefonierend folgte der Mann Anna Hiller.

»Judith, ich muss dir was gestehen.«

Als das Telefon klingelte, saß Judith im Bademantel mit geschlossenen Augen auf dem Balkon und genoss die Frühlingssonne. Doch wie so oft, wenn die Sonne ihr ins Gesicht schien, kam ungebeten die Erinnerung an jenen Sommertag: Sie ist sieben und sitzt auf der Schaukel im Garten, die Sonne blendet sie, sie kneift die Augen zu. Plötzlich ist die Sonne weg, es fällt ein Schatten auf ihr Gesicht. Sie macht die Augen auf. Die Mutter steht weinend vor ihr. Zum ersten Mal sieht sie ihre Mutter weinen. Judith spürt Gänsehaut am ganzen Körper. Sie steigt von der Schaukel. Die Mutter drückt sie fest an sich. Die Mutter hat eine Schürze an, die nach Kuchen riecht. Heute ist Sonntag, nachmittags gibt es Apfelkuchen. Mutters Bauch zittert. »Judith, mein Mädchen, es ist was ganz Schlimmes passiert. Papa ist tot.« Judith löst sich aus der Umklammerung, schaut zu ihr hoch und fragt: »Kann man da nichts mehr machen?«

»Judith, bist du noch da?«

»Was musst du mir gestehen, Josif?«

»Es ist etwas Dummes passiert, was ich eigentlich immer vermeiden wollte …«

Judith bekam Gänsehaut und spürte einen dumpfen Schmerz in der Brustgegend. Trotzdem versuchte sie, am Telefon rational zu bleiben.

»Fremdgegangen?«

»Schlimmer.«

»Du hast dich verliebt.« Sie spürte, dass die Tränen wie feindliche Soldaten unaufhaltsam von der Brust durch die Kehle in die Augen krochen.

»Schlimmer. Wir arbeiten am selben Fall. Ich habe einen Auftrag von Pechstein angenommen. Bin im Toscanini bei der Arbeit. Ich rufe dich später an.« Josif legte auf.

Die feindliche Armee hatte ihre Augen erobert. Aber es waren gute Soldaten, die nicht nur besetzten, sondern vor allem befreiten.

»Ach ja, du bist Inder. Hätte ich mir denken können. Jan Babbel heißen dort doch alle.«

»Bin bei der Mama aufgewachsen.«

Jan köpfte das weich gekochte Ei.

»Scheidungskind? Ich auch. Wie alt warst du, als sie sich getrennt haben?«

» Minus drei.«

»Was?«

Jan legte das Messer weg. Irgendwie hatte er heute keinen Hunger.

»Mama war im sechsten Monat schwanger, da hat er Angst vor mir bekommen und ist abgehauen.«

»Ich war acht. Ein Jahr später hat sie den Neuen geheiratet.«

»War er nett?«

»Er war ein Schwein.« Sie schaute auf ihren Teller.

»Hat er dich geschlagen? Soll ich ihn verhaften?«

Nina sagte nichts. Sie war damit beschäftigt, ein Basilikumblättchen mit der Gabel aufzuspießen. Sie hatte Tomaten mit Mozzarella gegessen. Jan hatte bereits in Erfahrung gebracht, dass Nina Vegetarierin war, aber ab und zu auch gern Sushi aß. Er überlegte, wie er sie am geschicktesten zum Sushiessen einladen könnte.

»Habt ihr schon den Typen, der falsch ausgestiegen ist, gefunden?«

»Jupp.«

Nina war sichtlich erleichtert, ein anderes Thema gefunden zu haben.

»Wer war es denn?«

»Darf ich dir nicht sagen.«

»Bitte, bitte! Vielleicht kann ich mich an ihn erinnern und euch helfen, den Falschaussteiger auf den elektrischen Stuhl zu bringen.«

»Das ... das ist eine gute Idee. Ich lade dich als Zeugin vor. Du kriegst den Verdienstausfall ersetzt, und wir trinken einen Kaffee zusammen.«

»Cool, Kaffee auf Staatskosten!«

»Volker Schellsicks heißt er.«

»Ja, der hat bei mir den Wagen abgeholt! So ein blonder Ossi mit Zopf, ein unangenehmer Kerl. Ich erinnere mich genau! Das war schon seltsam, weil der Typ, der für ihn reserviert hat, keine Adresse oder Telefonnummer hinterlassen wollte.«

»Der Typ, der für ihn reserviert hat? Kannst du dich vielleicht an den Namen erinnern?«

»Ja, ja, warte mal ... so ein amerikanischer Name ... wie der Präsident.«

»Barack Obama?«

»Nee, irgend so was wie Bush. Ja, Sheriff Bush oder so.«

»Schiffenbusch?«

»Ja, genau! Schiffenbusch.«

»Super! Das ist super, Nina, dass du weltpolitisch so gebildet bist.«

Jan griff nach seinem Handy, um Judith anzurufen.

»Du hast uns echt geholfen.«

»Krieg ich trotzdem einen Kaffee auf Staatskosten?«

»So ein wichtiger Zeuge wie du? Hey, du glaubst gar nicht, was du alles kriegen kannst.«

10

Am Abend zuvor hatte Silvia bei Anna Hiller angerufen, sich als Schülerin ausgegeben und um ein Interview für die Schülerzeitung gebeten, Thema: »Deine Berufswahl – eine Kölner Schauspielerin stellt sich vor«.

Als Treffpunkt hatten sie das Toscanini für den nächsten Tag um 11.30 Uhr vereinbart. Anna war pünktlich. Bondar, der sie im Auto abgepasst hatte, ging gleich hinterher. An einem langen Holztisch saßen sie sich nun gegenüber.

Josif trug seinen weißen Guccianzug, ein knalliges gelbes T-Shirt und einen blauen Seidenschal. Aus der Innentasche holte er Notizblock und Bleistift hervor und begann, ein Gedicht auf Russisch zu schreiben. Er flüsterte Worte vor sich hin, suchte verzweifelt nach dem passenden Reim, warf hilfesuchende Blicke gen Himmel. Gerade schien er das richtige Wort gefunden zu haben, da kam der Kellner und sprach ihn an. Josif zuckte zusammen: »Einen Wunsch? Ja, bitte eine Flasche Prosecco.«

Anna bestellte einen Milchkaffee. Sie schaute dem »suchenden Dichter« interessiert zu. Der kleine Max, der auf ihrem Schoß saß, war dem seltsamen Onkel gegenüber eher misstrauisch und fing an herumzuquengeln. Der »Dichter« versuchte mit dem Kind Kontakt aufzunehmen, winkte ihm zu, sagte »Gu, gu, gu« und quälte sich ein Lächeln ab, was bei dem Jungen zu einer Heul-und-Schrei-Attacke führte.

»Tut mir leid.« Josif sah Anna an. »Es ist nicht mein Tag heute. Nichts ist mir gelungen, außer der Trennung von meiner Freundin. Das haben wir heute endlich geschafft, nach sieben Jahren Kampf. Dieses Multi-Kulti-Zusammenleben ist nicht einfach. Es tut mir wirklich leid, dass ich das Kind zum Weinen gebracht habe.«

»Das macht nichts.« Sie gab Max den Schnuller, und das Kind beruhigte sich.

Der Kellner brachte den Kaffee und den Prosecco.

»Trinken Sie einen Schluck mit mir?«

»Danke, aber wirklich nur einen kleinen Schluck. Mittags Sekt trinken, das habe ich wirklich schon lange nicht mehr gemacht.«

Josif stand auf:

»Ich hole ein Glas für Sie.«

Er ging an die Theke, holte das Glas und einen eingeschweißten Keks, den er in die Tasche steckte, kam zurück, schenkte ein und prostete Anna zu:

»Auf Ihre Gesundheit!«

Josif trank das Glas leer, Anna nippte nur.

»Wo kommen Sie her?«

»Bin auf der Halbinsel Krim geboren.«

»Sind Sie Russe?«

»Russisches, ukrainisches, jüdisches, türkisches und griechisches Blut fließt in meinen Adern. Die Krim ist ein Schmelztiegel der Kulturen, die Wiege der Zivilisation. Von der Antike bis in unsere Zeit: Künstler, Dichter, Philosophen. Mein Elternhaus steht zum Beispiel neben dem Haus, wo der große russische Dichter Anton Tschechow die berühmte ›Möwe‹ geschrieben hat. Kennen Sie Tschechow?«

»O ja, ich arbeite am Theater.«

»Wirklich?«

»Ja, ich bin Schauspielerin.«

»Dann kennen Sie Tschechow! Meine Oma hat mir viel von Anton Pawlowitsch Tschechow erzählt. Er war ein sehr gütiger Mensch, tolerant, bescheiden … guter Liebhaber.«

»Kannte sie ihn?«

»Natürlich. Sie wohnte nebenan, war 18 und wunderhübsch. Wenn er nicht so früh gestorben wäre, wer weiß? Mit 19 hat meine Oma das erste Kind bekommen, meinen Onkel, da war sie gerade vier Monate verheiratet. Es kursierte das Gerücht … Ach ja, ist egal. Nehmen Sie noch einen Schluck? Ich heiße übrigens Josif.«

»Anna.« Sie gaben sich die Hand. »Und ich trinke gerne noch ein Glas.«

Annas Handy vibrierte. Es war eine SMS von der

angeblichen Schülerin Silvia: »Tut mir ganz doll leid, meine Mutter musste plötzlich ins Krankenhaus, kann nicht kommen, sorry!« – »Kein Problem, allerbeste Grüße«, schrieb Anna zurück.

Josif schenkte nach.

»Auf die Dichter und das Theater!«

Beide tranken ihre Gläser leer.

»Es könnte also sein, dass Ihr Onkel Tschechows Sohn ist? Das ist ja sensationell!«

»Das Geheimnis hat meine Oma mit ins Grab genommen. Was aber kein Geheimnis ist: Ich bin nicht Tschechow und nicht mal Dostojewski, aber ich schreibe auch Gedichte: скажи-ка дядя ведь недаром москва спалённая пожаром французу отдана …«, rezitierte Josif eine Strophe aus dem berühmten Lermontow-Gedicht, die einzige, die er noch aus der Schulzeit auswendig wusste.

»Schade, dass Sie kein Russisch verstehen.«

»Das ist wirklich schade. Es hört sich wunderbar an. Um was geht es denn in dem Gedicht?«

»Lyrik ist immer schwer zu übersetzen. Im Prinzip um Glaube, Liebe und … die Mafia.«

Es war bereits halb vier, als Jan und Nina das Lokal verließen. Beim Rausgehen schaute Jan nach draußen in den Hof. Dort stand Anna Hiller gerade vom Tisch auf und ging leicht wankend in Richtung Toiletten. Auf dem Tisch standen zwei leere Proseccoflaschen. Das kleine Kind saß bei dem Mann mit dem weißen Anzug auf dem Schoß. Jan beobachtete, wie der Mann dem Jungen einen Keks in die Hand gab, ihm den Schnuller aus dem Mund zog und in eine kleine Plastiktüte einpackte. Jan erinnerte sich, mal gelesen zu haben, dass zu viel Hygiene bei Kindern eine Ursache für spätere Allergien sein könnte. Er würde bei seinen Kindern den Schnuller sicher nicht in ein Plastiktütchen einwickeln, dachte Jan und folgte Nina.

11

Jupp Truschnik hatte gemischte Gefühle, als er mit dem jungen Kollegen Jens und dem Haftbefehl in der Tasche losgefahren war, um Klaus den Propheten festzunehmen.

Jupp kannte Klaus noch aus den Siebzigern. Ein Dutzend Mal hatte Jupp ihn bestimmt schon verhaften dürfen. Klaus war damals bei jeder Demo an vorderster Front dabei: gegen den NATO-Doppelbeschluss, gegen AKWs, gegen den Bau der Stadtautobahn. Er kämpfte für jedes besetzte Haus und für die Legalisierung der Drogen. Vor allem für Letzteres war er nicht nur ein theoretischer Kämpfer, sondern lebte den Kampf auch exzessiv vor. Klaus wurde sogar berühmt: Als ein besetztes Haus in Nippes gestürmt wurde, hatte sich Klaus mit Ketten an der Klosettschüssel befestigt. Das Bild von ihm, die Ketten um den Rumpf, grinsend, den Joint in der einen Hand, die andere Hand zum Victoryzeichen erhoben, ging durch die Presse und wurde zum Sinnbild des friedlichen Widerstandes. Noch berühmter wurde er durch seine Heldentat beim Bau der Stadtautobahn. Ihm gelang es, sich nachts an der Schaufel des schräg nach oben gestreckten Baggerarms anzuketten. Da für den damaligen Kämpfer gegen alle bürgerlichen Konventionen die Wochentage ohne Bedeutung waren, hatte er sich unüberlegterweise schon Freitagabend angekettet. Das hatte natürlich zur Folge, dass er mindestens bis Montag in der Schaufel ausharren musste, bis die Bauarbeiten fortgesetzt wurden und die verhasste Staatsmacht von ihm Notiz nehmen konnte. Das Bedürfnis nach Haschisch, Trinken und Essen zu befriedigen war nicht das Problem, den Nachschub warf man ihm hoch. Unangenehm war das Urinieren nach unten. Denn unter dem Bagger befanden sich etliche Demonstranten, die ums Lagerfeuer saßen und zur Gitarre Kampflieder sangen.

»Hey Leute, ich muss mal pissen!«-Rufe störten irgendwie die sommerliche Romantik des Widerstandes. Hier entstand noch ein anderes Foto, das bald als populäres Poster in fast jeder WG-Küche hing: Klaus hockt mit heruntergelassener Hose in der Baggerschaufel. Aus der Perspektive des Fotografen schwebt sein nackter Hintern über dem Rand. Der Fotograf steht genau darunter. Ein Kackwürstchen ist im Anflug und kurz davor, das Objektiv zu treffen. Auf dem Poster unter dem Schwarz-Weiß-Bild ist in roter Farbe zu lesen: »Für alle, die uns unterdrücken, kommt die Antwort aus dem Rücken.«

Doch eines Tages war Klaus plötzlich verschwunden. Er war auf dem Selbstfindungsweg nach Indien getrampt. Als er nach einigen Jahren in die Domstadt zurückkehrte, brachte er die unumstößliche Erkenntnis mit, der jüngere Bruder von Jesus Christus zu sein. Es ging das Gerücht um, er sei zu dieser Erkenntnis gelangt, als er zwei Wochen lang auf LSD-Trip mit den Bettlern und Aussätzigen auf der Straße verbracht hatte.

Ob das der Wahrheit entsprach, interessierte Jupp im Augenblick nicht wirklich. Nach 30 Jahren musste er Klaus wieder mal festnehmen. Sicherlich nun zum allerletzten Mal.

Jupp fand ihn sofort. Klaus war noch im Obdachlosenheim in der Annostraße und hatte gerade seine Sachen fertig gepackt, um unter die Hohenzollernbrücke zu ziehen.

»Klaus, isch han einen Haftbefehl jäje disch, isch muss disch zum Präsidium mitnehmen.«

Klaus sagte nichts, holte bloß seine zwei Koffer, Taschen, Tüten.

»Nä, nä, Klaus, lass die Sachen hier, die holen wir später ab.«

Als der junge Kollege Klaus Handschellen anlegen wollte, verhinderte Jupp das:

»Klaus kenn ich, der läuft mir nicht weg, der hat sich immer anständig benommen.«

Im Präsidium übergab er Klaus an Jan Babbel:

»Da simmer. War ein heißer Tipp von Interpol. Er wollte jerade in die Sommerresidenz umziehen, da hammer zujeschlagen … Fluchtgefahr besteht meiner Ansicht nach nicht.«

Doch Jupps Ansichten interessierten Jan nicht.

»Leg ihm bitte die Handschellen an!«

Jupp schaute Jan an und lächelte:

»Tut mir leid, ich muss ens janz dringend.«

Ohne sich zu beeilen, ging er in Richtung Toilette.

Der junge Kollege Jens hatte kein Problem damit, Klaus die Handschellen anzulegen.

III

1

Als Heidi auf dem Weg zu Josif die Keupstraße entlangfuhr, dachte sie an den Bestseller, den sie gerade zu Ende gelesen hatte. In dem Buch des erfolgreichen amerikanischen Psychologen Henry Fishkin mit dem Titel ›Ausbruch aus dem Käfig des eigenen ICH‹ wurde die These aufgestellt, dass der Mensch ganz und gar selbst für sein Schicksal verantwortlich ist, und zwar für alles, was ihm passiert. Die Glaubenssätze und die Mechanismen, die man durch Familie, Erziehung und Gesellschaft verinnerlicht habe, erzeugten bestimmte Schwingungen, die wiederum Einfluss auf das Schicksal hätten. Deswegen würden sich die Ereignisse im Leben eines Menschen immer wiederholen, sei es in der Beziehung, im Beruf oder im alltäglichen Leben.

Das stimmt, dachte Heidi: Sie fuhr wieder nach Köln zu Josif, und wieder war ihr CD-Player außer Betrieb, schon wieder konnte sie keinen Parkplatz in der Keupstraße finden, und schon wieder hörte sie die Welle Köln mit einem Bericht über das Sülzer Theaterhaus:

»Die Premiere endete tragisch. Wir haben mit dem Theaterleiter Gabriel Sandini gesprochen: ›Der Staat hat seine Aufgabe nicht erfüllt, die Kulturschaffenden vor Fundamentalisten zu schützen. Ich sehe die Demokratie in Deutschland ernsthaft gefährdet. Mein Entschluss steht fest. Ich werde das Theater nicht wieder aufbauen.‹ 80 Jahre nach der Gründung des Theaters verliert Köln nun eine seiner traditionsreichsten Bühnen.«

Nach zehn Minuten Parkplatzsuche beschloss Heidi, bewusst im absoluten Halteverbot zu parken, um ihre Glaubenssätze zu brechen und damit ihrem Schicksal eine andere Richtung zu geben. Erhobenen Hauptes steuerte sie Josifs Büro an.

»Steht Ihnen sehr gut, das Kleid, Silvia.«

»Danke, Heidi, es wurde in Peru aus Biobaumwolle hergestellt. Und auch Sie sehen heute viel attraktiver aus ohne den Nerz. Ich habe übrigens zwei Artikel über den Massenmord an Pelztieren für Sie ausgedruckt.«

Silvia gab Heidi einen DIN-A4-Umschlag.

»Danke, ich werde sie lesen.«

Heidi setzte sich auf den pflegebedürftigen Sessel und steckte sich eine Zigarette an.

»Wie weit bist du, Josif?«

»Ich hoffe, weit genug. Aber nicht, was deinen Fall betrifft. Da habe ich noch nicht angefangen.«

Josif gab ihr Feuer. Dabei fiel ihm auf, dass die Swarovski-Steinchen von ihren Fingernägeln verschwunden waren.

»Hier sind alle Kölner Adressen, die in Jurijs Navi gespeichert sind.«

Sie gab Josif eine Liste, die er direkt an Silvia weiterreichte:

»Schaust du bitte in Google Maps nach.«

Er setzte sich zu Heidi.

»Wie geht es dir denn?«

Heidi inhalierte tief und atmete den Rauch in Kringeln aus.

»Ich komme mir vor wie ein Singvogel im goldenen Käfig.«

»Du kannst singen?«

»Du verstehst mich nicht.«

»Doch, aber ich zerfließe nicht vor Mitleid. Die Käfigtür ist offen, aber du willst nicht wegfliegen, ohne das Gold mitzunehmen.«

»Wenn man nicht geliebt wird, macht Geld auch nicht glücklich, Josif.«

»Kein Geld macht auch nicht glücklich, Heidi.«

»Die Suche nach dem Glück ist eine Zivilisationskrankheit. Im Wortschatz der Waimiri-Indianer gibt es für den Begriff Glück kein entsprechendes Wort«, mischte sich Silvia in das Gespräch ein, während sie weiterhin die Adressen aus dem Navi eintippte – sie war extrem multitask. »Die Suche nach dem Glück ist der Motor der kapitalistisch-patriarchalischen Gesellschaft, also direkt verantwortlich für die Unterdrückung und Ausbeutung der Natur, der Tiere und des Menschen durch den Menschen.«

»Ja«, sagte Josif, »Kapitalismus ist die Ausbeutung

des Menschen durch den Menschen. Im Sozialismus war es umgekehrt.«

Silvia schaute Josif vorwurfsvoll an.

»Josif, du machst dich über alles lustig. Es ist einfach nicht möglich, sich mit dir über wichtige Themen auseinanderzusetzen. – So, ich habe alle Adressen gefunden. Wollt ihr sie sehen?«

Josif und Heidi stellten sich hinter Silvia und schauten auf den Bildschirm.

Die erste Adresse war das »Samowar«.

»Ja, da gehen wir manchmal essen«, sagte Heidi. Die zweite Adresse war ein Ärztehaus am Neumarkt. Doktor Bronstein war Jurijs Zahnarzt. Die nächste Adresse war das Sülzer Theaterhaus, die vierte das Haus von Hans Pechstein in Marienburg.

»Bei Hans treffen wir uns ab und zu. Jurij hat mit Hans auch geschäftlich zu tun. In Russland bauen sie irgendwas gemeinsam, Einkaufszentren oder Shoppingmalls. Hans hat so was erwähnt. Und im Theater ist Jurij auch öfters, er ist Mitglied im Förderverein, spendet Geld und nimmt regelmäßig an Sitzungen teil.«

»Alles wie früher, die deutsche Kulturlandschaft wird vom KGB unterwandert.« Josifs Versuche, witzig zu sein, hatten bei den beiden Frauen heute überhaupt keinen Erfolg.

Die letzte Adresse war in Ossendorf. Es war eine alte Grundschule, in der jetzt der Privatclub »Das rote Ledersofa« untergebracht war.

»Jurij hat gestern beim Mittagessen telefoniert. Er tat so, als wäre es geschäftlich, und hat sich für heute

Abend ›zur Klärung der Sachlage auf dem Sofa‹ verabredet. Josif, kannst du da bitte hingehen?«

»Heidi, ich kann unmöglich einem alten Kollegen hinterherschnüffeln.«

Heidi schniefte.

Silvia gab ihr ein Taschentuch und sagte:

»Der Psychologe, bei dem ich in Behandlung bin, macht auch Paartherapie. Soll ich ihn nach einem Termin fragen?«

Das war anscheinend nicht der richtige Vorschlag. Heidi begann zu schluchzen:

»Ich hätte nur gerne gewusst, wie sie aussieht und was sie hat, was ich nicht habe.«

»Okay, okay.« Wenn Frauen weinten, bekam Josif immer Schuldgefühle und wurde weich.

»Ruf mich heute Abend an, wenn er losgefahren ist. Und … gib mir noch mal 800 Euro. Ich nehme an, eine Rechnung brauchst du nicht.«

Als Heidi auf die Straße trat, sah sie, wie der Abschleppwagen mit ihrem pinkfarbenen Lamborghini darauf eben um die Ecke bog. Heidi ärgerte sich nicht. Sie dachte an das Buch von Henry Fishkin: »Die alten Muster müssen durchbrochen werden«. Sie hielt das für ein gutes Zeichen.

2

Auszüge aus dem Verhörprotokoll: Klaus Schiffenbusch

Wendel: Herr Schiffenbusch, kennen Sie das Sülzer Theaterhaus?

Schiffenbusch: Ja.

Wendel: Wissen Sie, dass das Theater angezündet wurde?

Schiffenbusch: Ja.

Wendel: Haben Sie etwas mit der Brandstiftung zu tun?

Schiffenbusch: Natürlich. Gerecht ist die Strafe Gottes, die Schuldigen trifft sein heiliger Zorn. Verbrannt und ausgelöscht die Brutstätte der Sünden …

Babbel: Haben Sie das Haus angezündet?

Schiffenbusch: Nein.

Wendel: Jemanden beauftragt, es anzuzünden?

Schiffenbusch: Ja.

Wendel: Wen?

Schiffenbusch: Gott. Das war Gottes Strafe. Ich habe die Sünder gewarnt. Das war unsere Rache an den Ungläubigen, an den Feinden meines älteren Bruders. Ich werde die Welt von den Sündern befreien. Niemand, der Jesus leugnet, kann sicher sein …

Wendel: Es reicht für heute.

3

Heidi informierte Josif, als Jurij losfuhr, und er machte sich auf den Weg zum »Roten Ledersofa«.

Gegenüber dem Etablissement befand sich ein chinesischer Imbiss. Dort bestellte er einen Ananassaft, setzte sich ans Fenster und beobachtete den Eingang.

Silvias Recherche über das »Rote Ledersofa« war nicht sehr ergiebig gewesen. Ein exklusiver Sado-Maso-Privatclub. Eintritt nur für Mitglieder. Josif stellte sich vor, wie Jurij seine großbusige Geliebte mit alten sowjetischen KGB-Handschellen ankettete und auspeitschte. Was Foltern anging, war Jurij ein Meister seines Fachs. Beim KGB war er für den Bereich Innere Sicherheit, Abteilung Staatsfeinde zuständig gewesen, und seine Aufklärungs- und Geständnisquote zählte zu den besten.

Nach zehn Minuten fuhr Jurijs BMW vor. Jurij stieg aus und ging zum Eingang. An der Tür wechselte er ein paar Worte mit dem Türsteher, der ihn gut zu kennen schien. Sergej, Jurijs Fahrer und Bodyguard, wartete, bis sein Chef hinter der Tür verschwunden war, und fuhr den Wagen zum Parkplatz. Vermutlich würde er gleich hierherkommen und im Imbiss auf Jurij warten. Josif zahlte und ging zum Club. Er hatte sich zwei Strategien überlegt. Entweder würde er Jurij unbemerkt beobachten oder, wenn das nicht ging, so tun, als sei es ein Zufall, dass sie sich hier begegneten. Schließlich wusste Jurij nichts über Josifs sexuelle Vorlieben.

»Guten Abend«, sagte Josif so freundlich er konnte zum Türsteher.

Der Türsteher, ein muskelbepackter, dunkelhaariger Mann mit glasigen Augen sah Josif stumm an. Vielleicht lag es an Josifs weißem Anzug, der so gar nicht hierherpasste.

»Ich möchte gerne rein.«

»Musst du dir eine Eintrittskarte kaufen.«

»Wo kriege ich eine?«

»Bei mir.«

»Was kostet die?«

»180. Getränke inklusive.«

»Gut, dann gib mir eine.«

»Karten gibt es nur für Mitglieder.«

»Wo bekomme ich den Mitgliedsausweis?«

»Bei mir.«

»Dann gib mir einen.«

»Vorher musst du dir eine Karte kaufen.«

»Ah ja, und die gibt es nur für Mitglieder.«

»Schlaues Kerlchen.«

»Ich habe hier aber eine Verabredung.«

»Mit der Putzfrau?«

»Mit meinem Geschäftspartner Jurij.«

»Bist du Russe?«

»Ein russisches Mädchen, sieht man doch.«

»Sag's doch gleich!« Der Türsteher drückte die Tür auf. »Ausweis und Karte kriegst du an der Kasse.«

Josif zahlte 200 Euro für den Ausweis und 180 Euro für die Eintrittskarte, Getränke inklusive, und trat ein.

In der großen Eingangshalle befand sich ein Pool mit weißem Wasser und einem Brunnen in der Mitte. Der Brunnen hatte die Form eines zwei Meter hohen erigierten Penis'. Oben aus der Öffnung spritzte mit Milchpulver versetztes Wasser. Um den Pool herum standen schwarze und rote Liegestühle. Die Kellner waren als Glöckner von Notre-Dame, die Kellnerinnen als Hexen verkleidet und boten den Gästen Sekt, Bier und Wasser an. Josif nahm sich ein Sektglas. Die meisten Besucher trugen dunkle Lederoutfits. Mit seinem hellen Anzug sah Josif wie ein Täubchen unter lauter Raben aus. Er bekam ein seltsames Gefühl. Es hatte nichts mit den Sex- und Drogenorgien zu tun, die hier offenbar stattfanden, nichts mit den Foltergeräten, die überall herumstanden, und nichts mit der schweiß- und rauchgetränkten Luft. Es war eine diffuse Vorahnung, das intuitive Wissen, dass sein Leben bald aus den Fugen geraten würde.

Josif ging auf eine geschwungene Treppe zu, die am Ende der Halle nach oben führte. In der ersten Etage befanden sich die ehemaligen Klassenzimmer. Jedes Zimmer hatte einen eigenen Namen wie »Gomorrha«, »Sodom«, »Hexenkessel« oder »Teufelskralle«. An jeder Tür hing eine Lichttafel mit fünf Optionen, die man nach Belieben anknipsen konnte:

1. Besetzt! Eintritt verboten
2. Besetzt! Alle Besucher willkommen
3. Besetzt! Damen willkommen

4. Besetzt! Herren willkommen
5. Zimmer frei

Josif wollte sich ein Zimmer namens »Beichtstuhl« anschauen, bei dem »Zimmer frei« leuchtete, und trat ein. Doch das Zimmer war besetzt, es war wohl vergessen worden, den Schalter zu bedienen. Zuerst sah er einen Mann, der ihm bekannt vorkam. Nach drei Sekunden hatte sein trainiertes Hirn ihn identifiziert. Es war der Judas-Darsteller aus dem Theater, Manfred Stock. Er hielt eine Eisenstange in seiner Hand, die im After eines dicken Arsches endete. Josifs Blick wanderte vom Arsch über den behaarten Rücken zum dazugehörenden Kopf, der sich in dem Augenblick zur Tür drehte. Das Gesicht, das ihn mit zusammengekniffenen Augen ansah, kannte Josif sehr gut: Es war Jurij.

Der Pate der russischen Mafia. Stöhnend, schweißtriefend und mit einer Hundekette um den Hals. Ihre Blicke trafen sich. Josif konnte schlecht so tun, als hätte er ihn nicht gesehen. Er streckte Jurij die Hand entgegen und bemerkte zu spät, dass dessen Hände mit Handschellen an das Bettgestell gekettet waren.

»Hi Jurij. Wie geht es? Alles gut?« Josif klappte den ausgestreckten Arm wieder ein und kratzte sich beiläufig am Ohr.

»Sehrrr guut!«, stöhnte Jurij.

»Lange nicht gesehen«, sagte Josif und stellte sich aus Verlegenheit Manfred Stock vor:

»Ich bin Josif Bondar.«

»Geiler Name. Manfred«, sagte Manfred und bewegte nicht besonders vorsichtig die Stange weiter hin und her.

»Ja … also … bis später. Man sieht sich.«

Josif ging aus dem Zimmer und verließ das Etablissement, so schnell er konnte. Auf der Straße rief er Heidi an:

»Heidi, ich weiß jetzt, mit wem Jurij dich betrügt.«

»Wie heißt sie?«

»Sie heißt Manfred und ist wirklich ein ganz anderer Typ als du.«

4

Auszüge aus dem Verhörprotokolle und der Gegenüberstellung von Klaus Schiffenbusch und Volker Schellsicks

Wendel: Herr Schiffenbusch, geben Sie zu, gedroht zu haben, das Sülzer Theaterhaus anzuzünden?

Schiffenbusch: Das ist die Teufelsfalle, in die ihr Ungläubigen mich hineinlockt. Gut! Nehmt mich als Sündenbock. Mit Freude gehe ich den Leidensweg, den schon mein Bruder … ja … Macht mir den Prozess. Ich werde für eure Sünden leiden und euch befreien. Ich lade die ganze Schuld auf mich. Ich gebe alles zu.

Wendel: Herr Schiffenbusch, kennen Sie Volker Schellsicks, den Mann, der Ihnen gegenübersitzt?

Schiffenbusch: Nein.

Wendel: Herr Schellsicks, ist das der Mann, der Sie beauftragt hat, das Theater anzuzünden?

Schellsicks: Ja … Ich glaube ja.

Wendel: Herr Schiffenbusch, sind Sie sicher, dass Sie diesen Mann nicht kennen?

Schiffenbusch: Ich sehe ihn zum ersten Mal. Wer bist du, mein Sohn, und woher kennst du mich?

Schellsicks: Du hast mir Geld gegeben, damit ich das Theater abfackele.

Schiffenbusch: Verstehe. Du bist ein armer Sünder und hast deine Seele für ein paar Münzen verkauft. Verraten wegen …

Wendel: Herr Schellsicks, sind Sie absolut sicher, dass das der Mann ist, der Sie beauftragt hat, das Theater anzuzünden?

Schellsicks: Ich glaube ja.

Babbel: Glauben tut man in der Kirche. Ist er das?

Schellsicks: Es war dunkel …

Babbel: Ja oder nein?

Schellsicks: Ja.

5

Hans Pechstein kam persönlich bei Josif vorbei, um das DNA-Ergebnis abzuholen. Der Test war positiv. Der kleine Max war also wirklich Pechsteins Enkel.

»Ich danke Ihnen, Herr Bondar. Sie haben gute Arbeit geleistet.«

Pechstein übergab Josif einen Briefumschlag mit 9000 Euro.

»Danke. Setzen Sie sich. Möchten Sie einen Kaffee?«

»Nein, danke. Ich habe wenig Zeit und komme gleich zur Sache.«

Pechstein blieb stehen.

»Ich hätte einen neuen Auftrag für Sie. Mein Sohn Christian ist vorsätzlich umgebracht worden. Es war kein Unfall.«

»Waren Sie schon bei der Polizei?«

»Nein, für die Polizei ist der Fall abgeschlossen. Schellsicks ist der Brandstifter, Klaus Schiffenbusch der Auftraggeber. Doch Sie glauben wohl nicht im Ernst, dass ein geistesgestörter Penner imstande ist, allein eine Brandstiftung zu planen und zu organisieren. Und woher soll er 6000 Euro gehabt haben?«

»Wer soll denn hinter ihm gestanden haben?«

»Anna Hiller.«

»Welche Motive soll Anna Hiller Ihrer Meinung nach gehabt haben?«

»Geld. Mein Sohn hatte eine homosexuelle Beziehung mit Manfred Stock. Dies war der Grund, weshalb ich den Kontakt zu ihm abgebrochen und ihm seinen Pflichterbanteil ausbezahlt habe. Das Geld erbt jetzt sein Sohn. Doch bis er 18 wird, darf die Erziehungsberechtigte, in diesem Fall die Mutter, über das Geld verfügen.«

Pechstein nahm sein iPhone aus der Tasche und begann zu schreiben.

»Ich bestätige Ihnen eben den Auftrag per E-Mail.

Diesmal geht es nicht ohne Rechnung, Herr Bondar. Ich zahle Ihnen eine Million Euro, wenn Sie sichere Beweise finden. Sagen Sie mir bitte möglichst schnell Bescheid, ob Sie den Auftrag annehmen.«

Pechstein steckte sein Handy ein, verabschiedete sich und ging.

Seine Mail kam sofort an. Silvia las vor:

> Hallo Herr Bondar,
> wie besprochen möchte ich Ihnen folgendes Angebot unterbreiten:
> Sie erhalten 1000000 Euro (eine Million), wenn Sie beweisen können, dass Anna Hiller in den Mord an meinem Sohn Christian verwickelt ist. (Motiv: 40 Millionen Euro Erbe)
> MfG
> Hans Pechstein

Silvia schaute Josif ungläubig an:

»Eine Million?«

Josif sagte nichts, ging zweimal im Zimmer auf und ab, setzte sich hin:

»Eine Million zahlt man nicht für jemanden, der nach Beweisen sucht, sondern für jemanden, der Beweise schafft … Das sind die Momente, wo ich mich auch lieber mit den Owajamaja-Indianern beschäftigen würde.«

»Waimiri. Wie meinst du das?«

»Das mit den Indianern?«

»Nein, das mit den Beweisen.«

»Ich brauche nur zwei zuverlässige Zeugen zu finden, die aussagen, dass sie gesehen haben, wie Anna Hiller Klaus dem Propheten Geld zugeschoben und ihn beauftragt hat, es an Schellsicks weiterzugeben. Wenn ich jedem Zeugen 100 000 Euro zahle, bleiben mir immer noch 800 000.«

»Machst du das?«

»Stell dir vor, wie viele Pelzmäntel wir dafür kaufen könnten. Würde für alle Owajamaja reichen.«

»Waimiri, Josif. Das ist nicht lustig. Über Tierquälerei macht man keine Witze.«

IV

1

An einem heißen Samstagvormittag im Juli besichtigten Judith und Josif ein Einfamilienhaus, das zu vermieten war. Das Eckhaus befand sich in einer 20 Jahre alten, mit Spielstraßen und Sandkästen gesegneten familienfreundlichen und kinderreichen Siedlung in Köln-Sürth. Vom Fenster des ausgebauten Dachgeschosses entdeckten sie 100 Meter weiter das Haus des Chirurgen Bleser. Dort hatten sie sich damals beim Fall Gluschkewitsch kennengelernt. Sie schauten sich an.

»Mittagessen im Toscanini?«, fragte Josif.

»Unbedingt.«

Ohne sich vom Makler zu verabschieden, verließen sie das Haus.

Im Toscanini bekamen sie denselben Tisch wie vor drei Monaten nach der Premiere. Die Minestrone war aufgegessen, sie warteten auf die Hauptspeise.

»Auch der Psychologe glaubt nicht, dass Klaus Schiffenbusch fähig wäre, ein Verbrechen so gründlich zu planen und in Auftrag zu geben.«

»Judith, vergiss es. Natürlich bleiben Fragen offen, aber der Fall ist längst abgeschlossen, die Verdächtigen wurden überführt und verurteilt. Polizei und Justiz sind glücklich. Happy End. Und wenn die Hauptkommissarin Wendel damit nicht zufrieden ist, dann wird sie zurechtgewiesen oder versetzt. Querdenker und Querulanten kann sich die Polizei nicht erlauben. Das ist in jedem Land gleich.«

»Soll ich einfach akzeptieren, dass ein Unschuldiger hinter Gitter kommt?«

»Wer weiß, ob es dem Propheten im Knast nicht besser geht als in der Freiheit. Viele Zuhörer, die ihm nicht ausweichen können, geregelter Tagesablauf und eine echte Ungerechtigkeit, die ihn in seinem Bewusstsein noch mehr mit seinem älteren Bruder verbindet.«

»Ich mag es nicht, wenn du so zynisch bist.«

»Ich bin nicht zynisch, ich meine es ernst. Ich bin ein Teil von jener Kraft, die stets das Böse will und nur das Gute schafft. Wir wissen nie vorher, was und wofür etwas gut oder nicht gut ist.«

»Ich weiß, dass es für mich nicht gut ist, wenn ein unschuldiger Mensch im Gefängnis sitzt. Das weiß ich ganz genau.«

»Beneidenswert sind die Menschen, die genau wissen, was richtig und was falsch ist. Man braucht nichts zu hinterfragen. Alle Zweifel ausgeschlossen. Auch das Denken überflüssig. Wie heißt es noch mal, wer glaubt, wird selig?«

»Erzähl du mir nichts vom Glauben! Ich war sieben, als mein Vater tödlich verunglückte. Und wenn ich mein Leben lang nicht fest dran geglaubt hätte, dass es ihm im Himmel gut geht und er von dort aus auf mich hinunterschaut und mir mit seiner Liebe weiterhilft, mich von Dummheiten abhält und mir immer den richtigen Weg aufzeigt, dann wäre ich …«

»Leber mit Klößchen nach Bozener Art und Tintenfisch in eigener Soße. Tut mir leid, hat etwas länger gedauert. Guten Appetit.«

Die junge Kellnerin, vermutlich eine Studentin, stellte die Teller ruckartig auf den Tisch. Dabei schwappte die Tintenfischsoße über den Teller, und Judiths Hose bekam einen Spritzer ab.

»Oh, Verzeihung.«

Judith stand verärgert auf und ging zur Toilette, um den Fleck herauszuwaschen.

»Hallo Josif, wie geht es dir?«

Anna Hiller, die draußen im Hof saß, hatte Josif entdeckt und kam auf ihn zu. Sie umarmten sich.

»Warum hast du dich nicht gemeldet?«

»Setz dich.«

Anna setzte sich auf Judiths Stuhl.

»Was macht die Kunst? Baut Sandini ein neues Theater auf?«

»Nein, er wandert aus. Gestern gab es das Abschiedsessen. Er geht in drei Tagen nach Asien.«

»Als Wandermönch nach China?«

»Falsch! Als reicher Mann nach Bali. Die Versicherung hat bezahlt, und das Grundstück hat er auch schon verkauft.«

Judith kehrte an den Tisch zurück. Der Fleck war nicht rausgegangen, und eine fremde Frau auf ihrem Platz trug auch nicht zur Steigerung der Laune bei.

»Darf ich vorstellen? Judith, das ist Anna. Anna, das ist Judith.«

»Wir kennen uns.« Judiths Stimme klang alles andere als freundlich.

»Ist das die Alte, mit der du Schluss gemacht hast, oder ist das schon die Neue, Josif? Das ging aber schnell. Du bist einfach ein toller Typ, offen, ehrlich, tolerant, und ein super Liebhaber – ganz der Onkel Tschechow.«

Anna stand auf und ging.

Judith blieb stehen:

»Ist der Platz wieder frei, oder erwartest du noch jemanden?«

»Judith, bitte! Das war nur beruflich.«

»Beruflich? Verstehe …«

Judith setzte sich hin. Schweigend aß sie einen kleinen kalten Tintenfisch. »Gibt es etwas, das du mir verschweigst?«

»Ja. Katastrophale Nachrichten für die deutsche Kulturlandschaft. Sandini wandert aus. Nachdem er die Versicherung kassiert und das Grundstück verkauft hat. Hast du Lust auf einen kleinen Verdauungsspaziergang zum Theater?«

»Ja. Ich habe eh keinen Hunger mehr.«

2

Vor dem Theater am Zauntor sahen einige Schaulustige einem einsamen Bagger bei der Arbeit zu. Ein Schild verkündete bereits, dass hier neue Luxus-Eigentumswohnungen entstanden: »Palais de Suelz«, ein Projekt der Kölner Bau AG.

»Wie gehst du eigentlich mit Niederlagen um, Josif?«

Der Bagger biss wie ein hungriger Dinosaurier Stück für Stück die Reste des Theaters ab.

»Inzwischen weiß ich, dass es im Leben jedes Menschen nur *einen* entscheidenden Sieg und *eine* Niederlage gibt. Der Sieg ist, wenn du das erste Mal selbstständig einatmest und das mit einem Schrei besiegelst, und die Niederlage, wenn du das letzte Mal ausatmest. Alles, was dazwischen liegt, ist für mich so wie das Kartenspiel für einen leidenschaftlichen Zocker: ein bisschen Können, ein wenig Intuition, etwas Glück, ab und zu schummeln. Er spielt, um zu überleben, doch weder Sieg noch Niederlage berühren ihn wirklich.«

»Das hört sich ja schrecklich an. Das ist kein Leben, sondern ein Hospizaufenthalt!«

»Ich kann es nicht ändern.«

»Wenn du willst, kannst du es ändern.«

Eine ältere, adrett gekleidete Dame, die neben Judith stand, schluchzte leise und tupfte sich mit einem Taschentuch die Augen.

»Ja, das macht einen traurig«, sagte Judith.

»Ach, wissen Sie, ich bin hier in Sülz geboren und mit diesem Theater groß geworden.«

Die Frau schien froh zu sein, einen Gesprächspartner gefunden zu haben.

»Schon als junges Mädchen habe ich mir jedes Stück angeschaut. Ich wollte Schauspielerin werden, doch meine Eltern haben mir das verboten, also bin ich Grundschullehrerin geworden und seit einem Jahr in Rente. Seit 1962 habe ich an diesem Theater keine einzige Inszenierung verpasst. Ich habe alle Programmhefte und Plakate gesammelt. Die beste Zeit war in den Siebzigern. Da haben sie Böll gespielt, ›Die verlorene Ehre der Katharina Blum‹, große Klasse, kluges politisches Theater. Oder ›Anatevka.‹ Das hat noch der alte Sandini inszeniert, und der junge Sandini spielte den Milchmann. Großartig, wunderbar. Dafür hat er den Theaterpreis gewonnen.«

»Anatevka?«

Mit einem Mal wurde Josif richtig wach.

»Was ist ›Anatevka‹?«, fragte Judith.

»Eine Geschichte aus meiner Heimat, spielt um 1900 herum. Da geht es um arme Leute, die so altertümliche Kostüme tragen …«

Er schaute Judith an, und sie begriff sofort, was der Blick bedeutete.

Judith wandte sich an die Frau:

»Sie haben Fotos von Sandini aus ›Anatevka‹?«

»Sicher, ich habe das Plakat, das konnte man hier damals für zwei Mark kaufen, und das Programmheft.«

»Judith Wendel, Kriminalpolizei.« Judith zeigte ihren Ausweis. »Hätten Sie etwas dagegen, wenn ich mir das Plakat anschaue?«

Mit dem Plakat in der Hand und dem festen Versprechen, es morgen zurückzubringen, verabschiedeten sich Judith und Josif von der Rentnerin.

»Josif, fährst du mich zum Gefängnis? Ich will Schellsicks das Foto zeigen und möchte keine Zeit verlieren.«

»Ungern.«

»Warum?«

»Aberglaube. Man sagt bei uns, wer freiwillig das Gefängnis besucht, kommt bald unfreiwillig rein. Aber für dich riskiere ich selbst meine Freiheit.«

»Wie edel. Ich werde mein Leben lang dran denken und dich im Notfall mit meinem Rapunzelzopf befreien.«

3

Der Besuch im Gefängnis dauerte eine halbe Stunde. Josif blieb im Auto. Er dachte an seinen Vater, der ihm oft gesagt hatte: »›Anatevka‹, das ist die Geschichte deiner Großeltern.«

Josifs jüdische Großmutter Rosa Blumenfeld hatte 1916 mit 17 Jahren den zwei Jahre älteren Russen Pawel Bondar kennengelernt und sich in den Medizinstudenten verliebt. Beide gehörten in Jalta dem Kreis der sozialdemokratischen Revolutionäre an. Der Vater von Rosa, Moische Blumenfeld, ein Nähmaschinenhändler, wanderte 1918 mit seiner Frau und sechs Kindern nach Amerika aus. Rosa blieb als Einzige zurück, aus Liebe zu Russland, der Revolution und Pawel. Ein Jahr später gebar sie Alexander, den Vater von Josif. Pawel Bondar arbeitete nach dem Bürgerkrieg in der Städtischen Klinik als Arzt. Er zog sich komplett aus der Politik zurück, was ihn aber nicht vor den stalinistischen Säuberungen rettete. 1937 wurde er als Volksfeind verhaftet und hingerichtet. Zu der Zeit studierte Alexander bereits Medizin in Odessa. Rosa wurde 1941 zusammen mit 1500 anderen Juden in Jalta von den Deutschen und ihren einheimischen Handlangern umgebracht. Alexander Bondar beendete 1941 sein Studium, wurde einberufen und verbrachte den Krieg als Chirurg in einem Militärhospital. 1944 lernte er die 18-jährige Krankenschwester Swetlana kennen, die zukünftige Mutter von Josif. Swetlana stammte aus einer Bauernfamilie in der Ostukraine. Während der großen Hungerkatastrophe 1932 waren ihre Eltern gestorben, und Swetlana wuchs in einem Waisenhaus auf. Nach dem Krieg zogen die beiden nach Jalta. Alexander wurde Chef der Chirurgischen Abteilung des Krankenhauses, Swetlana arbeitete an seiner Seite als OP-Schwester. Nach etlichen Fehlgeburten kam 1961 Josif auf die Welt, ein Jahr später seine Schwester Lena, die heute noch in ihrem Geburtshaus in Jalta lebte.

»Danke fürs Warten.« Judith kam zufrieden zurück und setzte sich in den Lada.

»Er hat Sandini im Anatevka-Kostüm sofort wiedererkannt. Ich habe Schellsicks auch ein Foto von

Sandini ohne Kostüm und Bart gezeigt. Stell dir vor, er kannte ihn! Sie haben sich bei einer Geburtstagsparty in irgendeinem Club oder Puff über Jurij kennengelernt.«

Josif fuhr mit überhöhter Geschwindigkeit zurück in die Stadt. Er war froh, das Gefängnis hinter sich gelassen zu haben.

»Josif, ich habe nicht gesagt, dass ich das Bußgeld für zu schnelles Fahren übernehme. Bitte Fuß vom Gas! Also, Sandini hat wohl alles bis ins kleinste Detail geplant. Er hat sich mit dem Anatevka-Kostüm als Klaus der Prophet verkleidet und Schellsicks den Auftrag zur Brandstiftung erteilt. Den kölschen Dialekt von Klaus hat er natürlich auch perfekt imitiert. Dann hat er einen Mietwagen für Schellsicks bestellt und später behauptet, er habe diesen Mietwagen vor dem Theater gesehen. Und zum Schluss hat er die Filmaufnahme von Klaus der Polizei zugespielt. Die ganze Inszenierung diente einem einzigen Zweck: Der Fall musste aufgeklärt sein, damit die Versicherung bezahlt.«

»Logisch, denn das Haus stand ja unter Denkmalschutz. Wenn er es verkauft hätte, hätte er vermutlich nicht mal ein Zehntel der Summe bekommen. Und noch etwas ganz Unbedeutendes, Judith: Während ich auf dich gewartet habe, hat Silvia etwas über die Kölner Bau AG herausgekriegt. Rate mal, wer der Hauptaktionär ist?«

»Du nicht!«

»Die West-Ost AG. Und die gehört mit über 75 Prozent Pechstein und Jurij.«

»Was meinst du damit, Josif?«

»Nichts. Nur eine Info. Was hast du jetzt vor?«

»Sandini festnehmen. Schellsicks hat ihn wiedererkannt.«

»Er sieht ein 30 Jahre altes Foto und erkennt seinen Auftraggeber? Nachdem er vorher sicher war, es sei Klaus der Prophet gewesen? Und dann steht immer noch Aussage gegen Aussage. Ein angesehener Theaterschaffender gegen einen Drogensüchtigen, der jeden bärtigen Mann für seinen Auftraggeber hält.«

»Hast du einen besseren Vorschlag?«

»Ja.«

4

Gabriel Sandini begleitete Jörg Schmocke, den Petrus-Darsteller, zur Tür und verabschiedete sich mit einer herzlichen Umarmung. Jörg Schmocke und sein Freund waren die glücklichen Nachmieter von Sandinis Dreizimmer-Altbauwohnung im gefragten Kölner Stadtteil Klettenberg. Sandini schenkte den beiden die komplette Wohnungseinrichtung. Er wollte nur einen großen Koffer mitnehmen mit Fotoalben, Tagebüchern, Erinnerungsgegenständen an seine Eltern und einigen wenigen Kleidern. Sandini hatte keine Familie mehr, von der er sich hätte verabschieden können, keine Kinder oder Geschwister, die Eltern waren tot.

In einer halben Stunde wollte er zur Bank gehen, um das vorbestellte Geld teils in bar (Euro und Dollar), teils in Schecks abzuholen. Insgesamt 5,5 Millionen Euro, zwei Millionen von der Versicherung für das Haus und 3,5 Millionen aus dem Grundstücksverkauf.

In zwei Tagen ging der Flug nach San Francisco. Davon wusste natürlich niemand. Er hatte allen erzählt, dass er nach Asien auswandern würde. Alles war perfekt geplant und bis ins Letzte durchdacht.

Auch bei seiner Arbeit als Regisseur war er für seinen fanatischen Perfektionismus bekannt. Alles, auch das winzigste Detail, musste genauestens organisiert werden und reibungslos funktionieren. Vielleicht hing das mit seiner Kindheit zusammen, die ziemlich chaotisch verlaufen war. Mal wuchs er bei der Mama, mal bei der Großmutter auf, und mit sechs Jahren wanderte er mit seiner Mutter nach Kalifornien aus, wo sie zehn Jahre in einer Hippie-Landkommune verbrachten. Den Vater, der 20 Jahre älter war als die Mutter, sah er nur sehr selten, ein bis zwei Wochen im Jahr in den Sommerferien.

Nach dem College ging Sandini zurück nach Deutschland und bestand auf Anhieb die Prüfung an der staatlichen Schauspielschule in Dortmund. Nach dem Abschluss übernahm er die Leitung des Theaters von seinem schwer kranken Vater. Es folgten 30 Jahre Schauspiel- und Regiearbeit, immer am Existenzminimum, im ständigen Kampf und Geschacher mit dem Kulturamt um Zuschüsse und Subventionen. Sandini hatte genug davon.

Da klingelte sein Handy.

»Sandini.«

»Hallo Gabriel, ich bin's, Volker. Volker Schellsicks. Kennst du mich noch?« Er flüsterte mehr, als dass er sprach.

»Nein, tut mir leid, Sie haben sich verwählt.« Sandinis Stimme klang belegt.

»Warte mal, leg nicht auf. Wir haben uns im ›Harem‹ kennengelernt, bei der Party, beim Geburtstag von Wladimir, und die Telefonnummern ausgetauscht.«

»Ich kann mich nicht daran erinnern.«

»Und wir haben uns im März wiedergetroffen, in Porz. Da hattest du aber ein Pennerkostüm an und hast dich Klaus genannt. Ich fasse mich kurz, Gabriel. Ich bin im Krankenhaus im Knast und gerade alleine auf dem Klo. In zwei Minuten spätestens muss ich hier raus. Pass auf, mir ist es wurst, ob du oder Klaus der Prophet mit mir im Knast sitzt. Für mich ändert das nichts an meinen zehn Jahren. Nur wenn ich hier rauskomme, wäre es schön, ein bisschen Kohle zu haben. Meine Freundin Natascha holt morgen bei dir 200 000 Euro ab. Wenn du einverstanden bist. Wenn nicht, rufe ich sofort bei den Bullen an. Du hast 30 Sekunden Zeit, dich zu entscheiden.«

Sandini versuchte, einen klaren Kopf zu bewahren und die Situation schnell und genau zu analysieren. Bei einer Gegenüberstellung würde Aussage gegen Aussage stehen. Wem würde man eher glauben, einem Künstler, der seit vielen Jahren die Theaterszene Kölns entscheidend mitgeprägt und sich sozial und politisch engagiert hatte, oder einem aus Magdeburg zugezogenen Dealer und Brandstifter? Beweisen konnte Schellsicks ohnehin nichts. Die zwei Anrufe damals hatte Sandini von einer Telefonzelle aus gemacht. Indizien? Das Anatevka-Kostüm war mit dem Theaterfundus verbrannt. Es könnte höchstens passieren, dass die Polizei wieder ermitteln und ihm erst mal die Ausreise verweigern würde. Das wäre schade, denn übermorgen ging ja schon der Flug.

Sandini entschied sich, ihn hinzuhalten.

»Ich schaff es nicht, so viel Geld in bar bis morgen zu besorgen. Heute ist Freitag. Ich kann erst am Montag zur Bank.«

»Gut. Natascha wird sich am Montag bei dir melden. Und keine dummen Tricks!«

Sandini legte auf und lächelte zufrieden.

Auf der anderen Seite der Leitung legte Schellsicks auf und lächelte zufrieden Judith an. Judith lächelte zufrieden zurück, setzte die Kopfhörer ab und rief Jan an, der mit dem bereits ausgestellten Haftbefehl vor Sandinis Haus wartete. Jan lächelte zufrieden die Kollegen an und gab das Okay für den Zugriff.

5

Auszüge aus dem Verhörprotokoll:
Gabriel Sandini

Sandini: Ich wollte nicht mehr am Existenzminimum leben. Für das Theater hätte ich nicht genug bekommen, es stand unter Denkmalschutz, man hätte es nicht abreißen dürfen. Ich bin nicht mehr jung, ich wollte in Frieden und Würde das Leben genießen, mir Zeit nehmen für Reisen, Museen, Bücher.

Wendel: Wer war in Ihre Pläne eingeweiht?

Sandini: Niemand. Ich habe alles alleine durchgeplant. Hans Pechstein hat mal erwähnt, dass er das Grundstück kaufen würde, wenn man da bauen könnte. Aber er hatte mit der Planung und der Durchführung der Brandstiftung nichts zu tun.

Wendel: Wie kamen Sie auf Schellsicks?

Sandini: Jurij Golub, ein russischer Geschäftsmann, ist Mitglied im Förderverein des Theaters. Er hat mich mal zur Geburtstagsparty von einem Freund eingeladen, dem eine Wellness-Sauna gehört. Da habe ich Schellsicks kennengelernt. Er war dort für die Drogen zuständig. Und als bei Probenbeginn Klaus der Prophet auftauchte, hatte ich die Idee … Dass Christian Pechstein dabei umkam, ist natürlich eine Katastrophe. Niemand hätte ahnen können, dass er zwei Stunden nach der Premiere immer noch im Theater sein würde.«

V

1

Es dämmerte. Josif saß bei Judith auf dem Balkon und genoss die Abkühlung nach einem heißen, schwülen Tag. Judith schaute die Wohnungsanzeigen im *Kölner Kurier* an.

»Also ausgemacht. Du kommst morgen mit zu meiner Mutter? Ich möchte gerne, dass du sie kennenlernst, bevor wir zusammenziehen.«

»Okay.«

»Dann schlafen wir aus, frühstücken und fahren um elf.«

»Okay.«

»Hier: Haus, 160 Quadratmeter, fünf Zimmer mit Büroräumen.«

Josifs Handy spielte die Internationale. Pechstein war dran.

»Herr Bondar, wann sind Sie morgen im Büro?«

»Ich habe morgen keine Zeit.«

»Es ist sehr wichtig.«

»Gut, kommen Sie um zehn.«

»Morgen um zehn Uhr. Auf Wiederhören.«

»Pechstein hat mir was Wichtiges mitzuteilen. Ich fahre morgen um zehn ins Büro und hol dich dann um elf hier ab.«

»Einverstanden. Hör mal: Haus, 160 Quadratmeter mit Büroräumen im Untergeschoss, 1300 Euro warm.«

»Hört sich gut an. Mit Blick auf den Dom?«

»Nicht ganz. Im Sauerland. 85 Kilometer bis zur Stadtgrenze.«

»Großartig. Sonst was Neues in der Welt?«

»Ja.« Judith blätterte in der Zeitung. »Der FC Köln hat einen neuen Geißbock und schöpft wieder Hoffnung … Wirtschaft … Kultur … ein Artikel über Sandini. Soll ich vorlesen?«

»Bitte.«

»Sandini hat alles gestanden. ›Ich wollte in Frieden und Würde leben‹, sagte er dem Kölner Kurier. Dass Christian Pechstein dabei umkam, war natürlich eine Katastrophe. Niemand konnte ahnen, dass er so lange nach der Premiere noch im Theater war.

30 Jahre Theaterleitung, immer am Existenzminimum, das ständige Geschacher und der Kampf mit dem Kulturamt um Zuschüsse und Subventionen haben Sandini zermürbt und zum Verbrecher gemacht.«

Josif nickte: »Klar, das Kulturamt ist für die steigende Kriminalitätsrate verantwortlich.«

Judith legte die Zeitung weg: »Ich bin wirklich erleichtert, dass der Fall Jesus abgeschlossen ist. Und weißt du, was die Kollegen aus dem Gefängnis erzählt haben? Klaus der Prophet hat geweint, als er entlassen wurde. Er wollte in der Zelle bleiben.«

»Ich hatte mal einen Freund, der hieß Jesus«, sagte Josif unvermittelt.

»Ja, Jesus ist für alle da. Hab ich dich zum Glauben bekehrt?«

Josif ging in die Küche.

»Du hattest doch noch so eine halbe Flasche Whisky. Wo ist die hin?«

»Die haben wir längst ausgetrunken. Aber ich habe noch eine Flasche Wodka in der Tiefkühltruhe!«, rief Judith vom Balkon aus und folgte Josif in die Küche.

Josif schenkte sich Wodka in ein Wasserglas.

»Josif, was ist mit dir?«

»Ich hatte einen Freund. Sein Spitzname war Jesus, weil er mit Nachnamen Nazaretko hieß. Wir waren zusammen im Einsatz.«

»Welcher Einsatz?«

»Auskundschaften.«

»Was?«

»Im Krieg, in Afghanistan. Er war so was wie ein Glücksbringer. Jeder war gern mit ihm im Einsatz. Es hieß, Jesus von Nazaretko ist bei dir, da kann dir nichts passieren.«

»Und ist dir was passiert?«

»Mir nicht. Wir waren zu zweit. Nachts auskundschaften, ob die Mudschaheddin nach dreitägiger Schlacht die Stellung aufgegeben hatten. Hatten sie nicht. Wir gerieten unter schweren Beschuss. Eine Granate riss ihm beide Beine ab und verletzte ihn schwer am Bauch. Ich wollte ihn auf den Rücken nehmen und raustragen, doch Jesus flehte mich an: ›Hau ab, lass mich liegen, ich schaff das sowieso nicht mehr!‹«

Josif trank den Wodka aus. »Wenn ich geblieben wäre, wären wir beide tot. Ich habe ihn liegen lassen.«

»Er ist für dich gestorben.«

»Er ist für niemanden gestorben! Für gar nichts, für einen Scheißdreck! Er bat mich noch, seine Uhr und den Abschiedsbrief – viele hatten so einen Abschiedsbrief dabei, für alle Fälle – seiner Familie zu übergeben. Ein paar Monate später, der Wehrdienst war beendet, fuhr ich hin. Seine Frau machte die Tür auf, und Nikolaj, sein zweijähriger Sohn, lief auf mich zu und schrie: ›Papa! Papa ist da! Ist das der Papa?‹«

Judith nahm sich auch ein Wasserglas, füllte es mit Wodka und trank:

»Das ist ja furchtbar ... Was hast du gemacht?«

»Ich habe mir geschworen, nie eigene Kinder zu haben.«

Judith setzte sich auf einen Küchenstuhl, schwieg eine Weile und sagte dann:

»Wir könnten vielleicht welche adoptieren ...«

2

Kurz vor zehn kam Bondar nach Hause und fuhr seinen Computer hoch. Bevor Pechstein kam, wollte er noch schnell einen Gruß an Nikolaj Nazaretko schreiben. Früher hatte er den Jungen fast jedes Jahr am Geburtstag seines Vaters besucht. In den letzten Jahren hatte er mit ihm nur noch gelegentlich

E-Mail-Kontakt. Nikolaj, inzwischen schon über 30, war Bratschist an der Philharmonie in Odessa.

Silvia war ausnahmsweise nicht im Büro, sondern mit dem Veganerbund zu einer Demo gegen Schweinemastzucht nach Paderborn gefahren. Das Motto »Der Schweinequäler ist das größte Schwein« war ihre kreative Eigenleistung.

Pünktlich um zehn Uhr erschien Pechstein und kam gleich zur Sache:

»Wie Sie sicherlich bereits aus der Presse erfahren haben, war Sandini für die Brandstiftung verantwortlich. Ich lag also richtig mit meiner Vermutung, Klaus Schiffenbusch sei unschuldig. Mein Verdacht, dass Anna Hiller hinter der Brandstiftung steckte, erwies sich als nicht stichhaltig. Der Tod meines Sohnes war ein unglücklicher Zufall. Hiermit ziehe ich meinen Auftrag zurück. Anna Hiller trifft keine Schuld an Christians Tod. Ich habe aber eine neue Aufgabe für Sie. Anna wird von Unbekannten, vermutlich Russen, bedroht und erpresst. Ich fürchte, dass mein Enkelkind entführt werden könnte. In vier Wochen zieht sie mit dem Kleinen zu mir. Bis dahin benötigt sie Schutz. Am besten ab heute. Ich zahle Ihnen 1000 Euro am Tag zuzüglich Mehrwertsteuer und Spesen. Die Auftragsbestätigung maile ich Ihnen gleich.«

Ohne eine Antwort abzuwarten, drehte sich Pechstein um und ging hinaus.

Josif fühlte sich auf einmal bedroht. Eine panische Angst überfiel ihn, Schweißperlen traten auf seine

Stirn. »Das Souvenir vom Hindukusch«, dachte er. Er hätte gestern wohl besser nicht von Nazaretko und Afghanistan erzählt. Er ging ins Schlafzimmer, zog sein Sakko mit Halfter an und holte seine Pistole aus dem Schrank. Dann ging er zur Wohnungstür, um sie abzusperren, doch es war zu spät. Die Tür ging auf, und drei Männer traten ein. Sergej und Wladimir, die Bodyguards von Jurij, und noch ein kräftiger junger Mann, den Josif nicht kannte. Er sah aus wie ein Informatikstudent: Jeans, T-Shirt, Kappe, Brille, Dreitagebart.

»Jurij möchte mit dir reden«, sagte Sergej sachlich.

Es war eindeutig ein Befehl, dem nicht zu widersprechen war. Der Student zog sich Handschuhe an und setzte sich an Josifs Computer. Was genau er dort machte, konnte Josif nicht sehen.

»Ich habe eine Verabredung, die müsste ich absagen«, sagte Josif mit heiserer Stimme. Sergej nickte. Josif holte mit zittrigen Händen sein Handy aus der Hose und rief Judith an.

»Judith, ich bin's. Mir ist beruflich etwas dazwischengekommen. Ich kann nicht mit. Grüß deine Mutter.« Ohne eine Antwort abzuwarten, legte Josif auf. Schweigend warteten die Männer einige Minuten, bis der Student am PC fertig war. Er druckte eine Seite aus und steckte sie ein.

Dann gingen sie hinaus. Zuerst Sergej, gefolgt von Josif, Wladimir und dem Studenten. Jurijs BMW parkte vor der Hofeinfahrt. Sergej setzte sich ans Steuer, der Student nach vorn, Wladimir und Josif nach hinten. Çoban stand vor seinem Gemüseladen und beäugte misstrauisch den fremden Wagen, der vor seinem Haus parkte.

Im Auto forderte Wladimir Josif mit einer Geste auf, ihm seine Waffe auszuhändigen. Josif tat es. Sie fuhren los. Niemand sagte ein Wort. Über die Zoobrücke und die Innere Kanalstraße kamen sie nach Sülz. An der Luxemburger Straße stieg der Student aus. Sergej fuhr weiter auf die Autobahn. Am Kreuz Köln-Süd fuhr er Richtung Bonn und nahm dann die Abfahrt nach Wesseling.

Nach etlichen Kreisverkehren bog der Wagen in eine holprige Straße mitten in einem verlassenen Industriegebiet ein und hielt an der Hofeinfahrt zu einem alten Fabrikgebäude. Dort wartete bereits Jurij in Heidis pinkfarbenem Lamborghini. Alle Männer stiegen gleichzeitig aus.

»Komm, wir gehen spazieren«, sagte Jurij.

Sie gingen durch die Hofeinfahrt in den Innenhof der seit Jahren leer stehenden ehemaligen Kabelfabrik. Die zwei Bodyguards blieben am Auto. Auf einmal hatte Josif keine Angst mehr. Im Gegenteil, er verspürte eine euphorisierende Leichtigkeit, eine schicksalsergebene Vorfreude auf die Erlösung, auf die Befreiung von den immer wiederkehrenden Panikattacken – seinem Hindukusch-Souvenir –, auf den endgültigen Abschied von Gier, Hinterhältigkeit, Dummheit. Von all den menschlichen Eigenschaften, mit denen er schon von Berufs wegen seit Jahren zu tun hatte. Einzig der Gedanke, dass er Judith nie mehr sehen würde, schmerzte ihn. Josif hätte jetzt gern eine Zigarette geraucht. Als ob Jurij seine Gedanken lesen könnte, zog er ein Päckchen aus der Tasche und bot Josif eine an. Die erste Zigarette nach zwei Jahren schmeckte unglaublich gut. Rauchend spazierten sie auf dem Fabrikgelände umher.

»Wie lange kennen wir uns, Josif?«

»Lang genug, um zu wissen, dass man nicht alles voneinander weiß.«

»Es gibt Sachen, die sollte man besser nicht tun.«

»Jurij, es interessiert mich wirklich nicht, wie es in deinem Arsch aussieht.«

»Du hast mir nachgeschnüffelt. In Heidis Auftrag. Du hast ihr gesagt, wo ich bin und was ich mache. Wie nennst du dieses Verhalten?«

»Dummheit.«

»Ich nenne es Verrat.«

Josif zog zum letzten Mal an seiner Zigarette, warf sie auf den Boden und schaute ihr hinterher.

Der Asphalt auf dem Gelände war rissig. Durch die Risse hatten sich hie und da kleine Pflanzen durchgekämpft, die schon vertrocknet waren. Josif stellte sich vor, wie er daliegen würde, mit einem blutenden Loch im Kopf. Die Vorstellung ließ ihn kalt. Er schaute Jurij an und fragte ruhig:

»Machen das deine Jungs oder soll ich selbst …?«

3

Zum Nachtisch gab es rote Grütze.

Judith saß am Tisch im Wohnzimmer ihrer Mutter gegenüber und hörte ihr mit halbem Ohr zu.

»...und dann fielen die Bomben. Die ganze Nacht saßen wir im Bunker, hatten nur Wasser und trockenes Brot ...«

Judiths saß auf demselben Platz wie immer, mit dem Blick auf die Wand, wo die Familienfotos hingen: Judith mit Vater und Mutter als Baby, Judith mit der Schultüte, Hochzeitsfotos von den Eltern, Opas, Omas, Tanten. Seit Vaters Tod vor 28 Jahren hingen die Fotos unverändert da. Judith versuchte, sich ihren Frust nicht anmerken zu lassen. Sie war von Josifs Absage enttäuscht. Vor allem die Art und Weise hatte sie verletzt. Er hätte seine Absage wenigstens erklären können. Sie wartete immer noch auf seinen Anruf. Judith nahm ihr Handy, überlegte kurz und schaltete es aus.

Sie hatte sich wie ein Kind darauf gefreut, Josif ihr Geburtshaus zu zeigen. Den Garten, wo immer noch der Sandkasten stand, in dem sie gespielt hatte, die Schaukel, das Kinderzimmer. Sie hätte ihm die alten Fotos gezeigt, ihre Puppen, die Poster über dem Bett.

»... und dann kam der Iwan. Die Russen waren schlimm, aber noch schlimmer waren die Polen. Ich kann mich genau daran erinnern, ich war sechs, wir waren auf der Flucht, und meine Mutter, deine Oma, hatte Onkel Günther auf dem Arm, er war damals zwei. Und plötzlich knickte sie mit dem Fuß um ...«

»Hinter Breslau, kurz vor der Grenze«, warf Judith ein.

»Woher weißt du das? Habe ich das schon mal erzählt?«

4

Bevor Jurij auf Josifs letzte Frage antworten konnte, erklang die Internationale.

»Geh dran.«

Anna Hiller war am Telefon. Ihre Stimme klang eigentümlich tonlos:

»Hallo Herr Bondar, können Sie bitte sofort vorbeikommen? Sülzburggasse 7. Ich brauche Ihre Hilfe.«

Josif fand es merkwürdig, dass sie ihn siezte.

»Anna, tut mir leid. Ich glaube nicht, dass mir das heute möglich sein wird.«

»Wer ist dran?«, wollte Jurij wissen.

»Moment«, sagte Josif zu Anna und deckte das Mikro ab.

»Eine Kundin, die dringend Hilfe braucht. Ich sage ihr ab.«

»Du brauchst nicht abzusagen, Josif, die Jungs bringen dich hin. Wenn du ihr geholfen hast, reden wir weiter.«

»Gut, Anna, ich bin in einer halben Stunde bei dir.« Josif legte auf.

»Bis später, Kollege«, sagte Jurij lächelnd.

Josif ging zur Hofeinfahrt. Jurij blieb zurück. Josif drehte sich noch mal um und sah, wie Jurij die Zigarettenkippen vom Boden aufsammelte und in die Schachtel steckte.

Auf einmal wurde Josif unendlich müde.

Auf der Fahrt zu Anna wurde ihm übel. Er bat Sergej, an einer Tankstelle anzuhalten. Auf der Toilette übergab er sich. An der Kasse kaufte er Wasser und Zigaretten. Trank die Flasche leer und stieg wieder ein.

Der Wagen hielt direkt vor Annas Haus. Josif schaute auf die Uhr. Es war halb zwei.

»Bring ihn hin und gib ihm dort seine Waffe zurück!«, sagte Sergej zu Wladimir.

Anna Hiller wohnte im ersten Stock eines gepflegten Mietshauses aus der Nachkriegszeit.

Josif klingelte an der Haustür. Es dauerte ziemlich lange, bis die Tür aufgemacht wurde. Josif stieg langsam die Treppe hoch. Wladimir folgte ihm.

»Gib mir jetzt die Waffe«, sagte Josif.

»Ich gebe sie dir in der Wohnung«, entgegnete Wladimir.

Die Wohnungstür war nur angelehnt. Josif und Wladimir traten ein. Wladimir schloss die Tür.

»Hier, deine Waffe.«

Josif drehte sich zu Wladimir um, der ihm seine Pistole entgegenstreckte. In diesem Augenblick nahm ihn jemand von hinten in den Würgegriff. Mit der anderen Hand drückte die Person ihm einen Lappen ins Gesicht. Nach drei Sekunden verlor Josif das Bewusstsein.

5

Seit sie sieben war, wusste Judith, dass es Ungerechtigkeit gab. Dagegen wollte sie kämpfen. Zum Beispiel gegen betrunkene Bauern, die mit dem Traktor ohne Licht von der Kneipe nach Hause fahren und derentwegen unschuldige Väter sterben müssen. Das musste in Zukunft verhindert werden. Man musste die Welt verbessern. Ganz einfach. Mit neun beschloss sie, Polizistin zu werden. Nach dem Abitur studierte sie Jura und besuchte anschließend die Polizeiführungsakademie. Sie war erfolgreich in ihrem Beruf, hatte eine steile Karriere hingelegt. Das Einzige, was ihr noch nicht gelungen war, war die Abhärtung, die Gleichgültigkeit den Opfern gegenüber, die Professionalität, mit der ein Chirurg amputiert oder ein Pathologe Leichen seziert. Jedes Opfer und das Leid der Angehörigen berührte sie persönlich. Es gelang ihr nicht, nach Feierabend einfach abzuschalten. Sie hatte festgestellt, dass sie keinen Abend mehr ohne Alkohol verbrachte, dass sie zwei bis drei Gläser Wein brauchte, um schlafen zu können. Das war zwar keine Sucht, aber eine gewisse Abhängigkeit, gegen die sie vorgehen wollte. Sie hoffte, dass ihr das im Zusammenleben mit Josif besser gelingen würde. Judith hatte drei längere Beziehungen vor Josif gehabt. Kein Mann hatte ihr so viel Wärme und Geborgenheit geben können wie er. Keiner war ihr so vertraut gewesen und doch so unergründlich geblieben wie Josif.

6

Das Erste, was Josif sah, als er zu sich kam und die Augen öffnete, war seine Pistole. Er saß auf einem Sessel und hielt sie in der rechten Hand. Vor ihm auf dem Teppich lag Anna Hiller, bewegungslos und mit offenen Augen. Er beugte sich über sie. Sie war durch zwei Schüsse in die Brust getötet worden. Josif ließ die Pistole fallen, stand auf und schleppte sich in die Küche, um einen Schluck Wasser zu trinken. In der Glastür des Küchenschranks sah er sein Spiegelbild mit blutigen Kratzspuren im Gesicht. Noch bevor Josif den Wasserhahn aufgedreht hatte, klingelte und klopfte es an der Tür:

»Polizei, machen Sie auf!«

Josif beugte sich über den Wasserhahn und trank gierig und lange, bis er genug hatte. Dann machte er die Wohnungstür auf und ließ sich festnehmen.

Judith hatte bei der Mutter übernachtet, im Garten gefrühstückt und saß jetzt auf der Schaukel. Sie schaltete ihr Handy wieder ein, in der heimlichen Hoffnung, ein Dutzend zerknirschte Entschuldigungen von Josif vorzufinden. Die Mailbox meldete ihr einen neuen Anruf. Es war nicht Josif, sondern Jan, der gestern angerufen hatte:

»Hallo, hallo. Jan hier. Anna Hiller ist umgebracht worden. Den Täter haben wir noch am Tatort festnehmen können. Ein Russe, angeblich Privatdetektiv. Wollte sie erpressen. Dann noch ein schönes Wochenende. Bis Montag.«

Judith stand auf. Sie wusste, dass sie nie wieder auf dieser Schaukel sitzen würde.

7

»Was ist los mit dir, Judith, bist du krank?«

Jans Direktheit war nicht immer leicht zu ertragen. Natürlich hatte Judith die letzten zwei Nächte kaum geschlafen. Und den Alkoholentzug hatte sie auch bis auf Weiteres verschoben.

Judith hatte seit Josifs Verhaftung keine Möglichkeit gehabt, ihn unter vier Augen zu sprechen oder ungestört mit ihm zu telefonieren. Im Gefängnis würde jedes Gespräch mitgehört werden. Außerdem wollte sie ihm weder als Kommissarin gegenübertreten noch bei ihren Vorgesetzten einen Verdacht wecken. Am Sonntag und Montag hatte sie sich mit der Auswertung der Telefon- und Computerdaten beschäftigt. Heute begannen die Verhöre und Zeugenbefragungen. Gleich würde sie Josif begegnen.

»Nein, Jan, ich bin nicht krank«, Judith entschied sich dafür, Jan einzuweihen. Sie hatte ein gutes Arbeitsverhältnis mit ihm und mochte keine Geheimnistuereien unter Kollegen. Außerdem würde er früher oder später sowieso merken, dass sie nicht Josifs Schuld, sondern seine Unschuld, an der sie keine Sekunde zweifelte, beweisen wollte.

»Josif Bondar war … ist der Mann, mit dem ich liiert bin.«

Jan war sprachlos, was ihm so gut wie nie passierte. Ihm fiel ein, dass Judith mal erwähnt hatte, dass sie »mit einem aus dem Osten« zusammen sei. Judith war eher verschlossen, was ihr Privatleben betraf, und Jan war auch nicht neugierig.

»Hast du das schon dem Chef gemeldet?«

»Nein, noch nicht. Behalte es bitte für dich.«

Jan verabscheute jegliche persönlichen Motive und Verwicklungen bei den Ermittlungen zutiefst. Nicht weil sie verboten waren, sondern weil er bei der Arbeit auf der Jagd war. Und bei der Jagd brauchte man einen kühlen Kopf und gesunde Instinkte.

»Bist du emotional … Ist es zu schwer für dich? Möchtest du den Fall nicht lieber abgeben?«

»Ich möchte lieber den wahren Mörder finden«, sagte Judith mit einer Härte, die Jan von ihr nicht kannte.

»Glaubst du etwa nicht …?«

»Nein«, unterbrach Judith, »lass uns mit dem Verhör beginnen.«

Jan sagte nichts mehr.

Als Josif in Handschellen in den Verhörraum gebracht wurde und Judith ihm in die Augen blickte, erschrak sie. Sie hatte alles Mögliche erwartet, Verzweiflung, Wut oder Trauer. Was sie sah, waren Resignation und Leere, als hätte er mit allem abgeschlossen. Sie hatte große Schwierigkeiten, die Tränen aus den Augen zurück in den Schädel zu drängen.

8

Auszüge aus dem Verhörprotokoll: Josif Bondar

Wendel: Möchten Sie einen Kaffee?
Bondar: Nein, danke.
Babbel: Herr Bondar, bekennen Sie sich schuldig, Anna Hiller umgebracht zu haben?
Bondar: Nein.
Babbel: Anna Hiller ist mit Ihrem Revolver erschossen worden. Vorher hat es offensichtlich einen Kampf gegeben: Unter den Fingernägeln des Opfers sind Hautpartikel von Ihnen gefunden worden. In Hillers Posteingang befindet sich eine Mail, die von Ihrem Computer abgeschickt wurde: »Ich komme heute um eins. Denk an die Kohle! Josif«. Auf Hillers Tisch lag ein Schreiben, das aus Ihrem Drucker stammt: »Ich will eine Million, sonst kann ich für die Unversehrtheit deines Kindes nicht garantieren. Josif« Das sind erdrückende Beweise, Herr Bondar. Geben Sie den Mord endlich zu!
Bondar: Ich sagte schon mehrmals, ich bin in eine perfekt konstruierte Falle getappt. Ich bin mit Chloroform oder einem anderen Narkosemittel bewusstlos gemacht worden. Der Killer hat Anna Hiller mit meiner Waffe erschossen und mir die Waffe anschließend in die Hand gelegt.
Babbel: Woher kommen die Verletzungen in Ihrem Gesicht?
Bondar: Der Mörder hat mit den Fingern des Opfers mein Gesicht zerkratzt, als ich bewusstlos war.

Babbel: Das sollen wir glauben?

Bondar: Selbst wenn Sie mir glauben würden, könnten Sie vermutlich meine Unschuld nicht beweisen.

Babbel: Warum waren Sie bei Anna Hiller zu Hause?

Bondar: Sie rief mich an und bat um Hilfe.

Babbel: Wann war das?

Bondar: Ich schätze um zwölf.

Wendel: Das stimmt, das haben wir überprüft – der Anruf kam um 12.07 Uhr. Aber wie wollen Sie uns die Briefe erklären, die eindeutig auf Ihrem Computer geschrieben wurden?

Bondar: Jurij Golub hat an dem Tag drei Männer zu mir nach Hause geschickt. Seine Bodyguards Sergej Bubkin und Wladimir Soskin kannte ich. Der dritte Mann war mir unbekannt. Er hat sich an meinen Computer gesetzt und die Briefe geschrieben. Einen hat er ausgedruckt, mitgenommen und bei Anna Hiller auf den Tisch gelegt. Natürlich würde ein echter Erpresser immer anonym bleiben wollen und sich in Briefen oder E-Mails an das Opfer niemals als Absender zu erkennen geben. Aber was hier im Endeffekt zählt, sind Fakten und nicht die Frage nach der möglichen Intelligenz des Verdächtigen.

Babbel: Zu entscheiden, was im Endeffekt zählt, überlassen Sie bitte uns.

Wendel: Was wollten die Männer von Ihnen?

Bondar: Sie haben mich abgeholt zu einem Treffen mit Jurij Golub. Wir sind nach Wesseling in eine alte verlassene Fabrik gefahren. Dort sah zuerst alles nach einer Liquidierung aus. Doch der eigentliche Grund des Treffens war erstens, mich psychisch unter Druck zu setzen, und zweitens, dafür zu sorgen, dass ich auch tatsächlich in Hillers Wohnung ankomme.

Wendel: Wann waren die Männer bei Ihnen im Büro?

Bondar: Zwischen zehn und elf.

Wendel: Die Mail an Anna Hiller ist in der Tat um 10.32 Uhr gesendet worden. Haben Sie Zeugen, die die Männer gesehen haben könnten? Zum Beispiel Ihre Sekretärin?

Bondar: Die Sekretärin hatte frei. Herr Çoban, mein Vermieter, hat mich und die Männer möglicherweise auf der Straße gesehen.

Wendel: Gut, das werden wir überprüfen. Aus welchem Grund ist Ihrer Meinung nach Anna Hiller ermordet worden?

Bondar: Pechstein hat Anna Hiller beseitigen lassen, weil er an das Geld wollte, über das sie nach dem Tod seines Sohnes verfügte. Jetzt kann er sein Enkelkind als Vormund bei sich aufnehmen. Keine Behörde wird sich dagegenstellen, das Kind ist Vollwaise. Damit wären die 40 Millionen wieder bei ihm. Sicher bekommt Jurij Golub einen großen Anteil für die Ausführung.

Wendel: Und damit Pechstein nicht unter Verdacht gerät, denken er und Golub sich diese Inszenierung mit Ihnen als Mörder aus? Warum ausgerechnet Sie?

Bondar: Sie brauchten jemanden, dem sie den Mord anhängen konnten. Außerdem hatte Jurij Golub noch ein persönliches Motiv: Er wollte sich an mir rächen. Nach seinem Ehrenkodex habe ich mich unkorrekt verhalten. Ich habe ihn im Auftrag seiner Frau bespitzelt.

9

Auszüge aus dem Protokoll der Zeugenbefragung: Galip Çoban

Wendel: Herr Çoban, haben Sie am Samstag, dem 4. Juli, Ihren Mieter Josif Bondar gesehen?
Çoban: Ja.
Wendel: Wann und wo?
Çoban: Ich habe nicht auf die Uhr geguckt. Vielleicht um elf. Er kam mit drei Männern aus dem Haus und fuhr mit ihnen in einem schwarzen BMW weg.
Wendel: Wie sahen die Männer aus?
Çoban: Wie Russen.
Babbel: Haben Sie die Männer vorher schon mal gesehen?
Çoban: Nein.
Wendel: Würden Sie sie wiedererkennen?
Çoban: Vielleicht.
Babbel: Herr Çoban, seit wann kennen Sie Herrn Bondar?
Çoban: Seit vier Jahren.
Babbel: Welche Leute verkehrten in seiner Wohnung?
Çoban: Ich spioniere meinen Mietern nicht hinterher.
Babbel: Was haben Sie für ein Verhältnis zu Bondar?

Çoban: Keins. Ich habe Bondar gekündigt, weil er in letzter Zeit die Miete unregelmäßig bezahlte. Außerdem hat er eine Sekretärin, die nackt herumläuft. Bei mir im Haus wohnen ansonsten nur anständige Leute.

10

Silvia brachte Josif die Post ins Untersuchungsgefängnis. Es war ein Brief aus Indien dabei. Von Heidi.

Lieber Josif,
ich habe Jurij verlassen, bin aus dem goldenen Käfig geflohen. Ich habe ihn nie geliebt. Die kurze Zeit, die ich mit Dir zusammen war, war wohl die schönste in meinem Leben. Du bist immer noch in meinem Herzen. Ich bin jetzt seit drei Wochen in Indien und gehe ab morgen für ein Jahr in ein Ashram. Behalte es bitte für Dich. Jurij sucht mich überall. Nicht weil er mich liebt, sondern weil ich bei der Bank mit seinem Ausweis und gefälschter Vollmacht vier Millionen Euro abgehoben habe. Das Geld habe ich inzwischen anonym an verschiedene Hilfsorganisationen für Projekte in Afrika und Asien gespendet.
Grüße an Silvia
Deine Heidi

11

Auszüge aus dem Protokoll der Zeugenbefragung: Jurij Golub

Wendel: Herr Golub, haben Sie am 4. Juli zwischen elf und zwölf Uhr Herrn Bondar getroffen?

Golub: Nein. Ich war von zehn bis 13 Uhr in der Sauna.

Wendel: Herr Bondar behauptet, Sie in einer alten Fabrik in Wesseling getroffen zu haben.

Golub: Ich kenne Bondar noch aus der alten Heimat. Er hat schon damals unter Panikattacken, Gedächtnisschwund und gelegentlichen Aussetzern gelitten. Womöglich hängt das mit seinen Kopfverletzungen und traumatischen Erlebnissen in Afghanistan zusammen.

Wendel: Herr Golub, ich habe Sie nicht um Ihre Meinung zu Bondars Gesundheitszustand gebeten.

Babbel: Haben Sie Zeugen, die belegen können, dass Sie in der Sauna waren?

Golub: Natürlich. Ich war im Saunaclub »Harem« in Ratingen. Fragen Sie den Besitzer, Herrn Lewskij.

Wendel: Ist es möglich, dass Ihre Bodyguards am Samstagvormittag mit Ihrem BMW unterwegs waren und Herrn Bondar besuchten?

Golub: Das ist möglich. Am Wochenende hatten sie frei. Was sie in ihrer Freizeit machen, geht mich nichts an.

12

Auszüge aus dem Protokoll der Zeugenbefragung: Sergej Bubkin

Wendel: Herr Bubkin, haben Sie am 4. Juli Josif Bondar getroffen?

Bubkin: Ja, wir waren verabredet. Er wollte mit mir und Wladimir Soskin reden.

Wendel: Wann und wo haben Sie ihn gesehen?

Bubkin: Zwischen zehn und elf Uhr haben wir ihn aus seiner Wohnung abgeholt.

Wendel: Kamen Sie zu zweit?

Bubkin: Nein, wir hatten noch einen russischen Bekannten dabei.

Babbel: Wie heißt er?

Bubkin: Ruslan.

Babbel: Nachname?

Bubkin: Weiß ich nicht. Wir haben ihn am Freitag in der Sauna kennengelernt. Er kam aus Omsk und war zu Besuch in Düsseldorf bei irgendeinem Bekannten. Ich habe im Gespräch erwähnt, dass wir morgen nach Köln fahren. Da wollte er mit, sich den Kölner Dom anschauen. Wir haben Bondar abgeholt und Ruslan danach zum Bahnhof gebracht.

Wendel: Haben Sie ihn zufälligerweise im Saunaclub »Harem« kennengelernt?

Bubkin: Ja, korrekt.

Wendel: Was haben Sie gemacht, nachdem Sie Ihren Bekannten abgesetzt haben?

Bubkin: Wir waren im Volksgarten spazieren. Josif wollte eine große Sache mit uns besprechen und dabei nicht im Auto bleiben. Er hatte panische Angst vor Abhörgeräten.

Babbel: Über welche große Sache hat er mit Ihnen gesprochen?

Bubkin: Er wollte von einer alleinerziehenden Mutter eine Million oder noch mehr erpressen und fragte, ob wir mitmachen wollen. Wir haben es natürlich abgelehnt. Wir machen nichts Illegales.

Wendel: Wie lange dauerte das Gespräch?

Bubkin: Nicht lang, vielleicht zehn Minuten. Da rief ihn diese Frau an. Er wollte zu ihr und hat mich gebeten, ihn hinzubringen, nach Sülz.

Babbel: Haben Sie ihn hingebracht?

Bubkin: Ja. Er ist dort ausgestiegen, und wir sind zurück nach Düsseldorf gefahren.

Wendel: In den Saunaclub »Harem«?

Bubkin: Nein, ins Sportstudio »Fitness Best«. Zum Boxtraining.

13

Auszüge aus dem Protokoll der Zeugenbefragung: Hans Pechstein

Wendel: Herr Pechstein, Sie haben am 4. Juli um 15 Uhr die Polizei benachrichtigt. Was hat Sie dazu veranlasst?

Pechstein: Ich hatte um elf Uhr meinen Enkelsohn bei seiner Mutter Anna Hiller abgeholt und bin mit ihm zu uns nach Hause gefahren. Wir haben ausgemacht, dass sie ihn um 14 Uhr wieder abholen würde. Doch Anna kam nicht. Auch telefonisch war sie nicht erreichbar. Da sie normalerweise sehr pünktlich und zuverlässig ist, rief ich gegen 15 Uhr bei der Polizei an.

Wendel: Haben Sie Bondar beauftragt, Anna Hiller zu beschützen?

Pechstein: Ja. Ich habe von Anna erfahren, dass sie bedroht und erpresst wird. Nach dem Tod meines Sohnes verfügte sie über 40 Millionen Euro. Ich habe Bondar beauftragt, sie zu beschützen. Dass ausgerechnet er der Erpresser war, konnte ich nicht ahnen. Das war ein folgenschwerer Irrtum. Drei Monate nachdem sein Vater gestorben ist, hat der Junge nun auch seine Mutter verloren. Der Kleine bleibt jetzt bei mir. Ich habe die Vormundschaft beantragt und werde mich um ihn kümmern.

Wendel: Herr Pechstein, wer außer Ihnen hat gewusst, dass Anna Hiller über 40 Millionen Euro verfügt?

Pechstein: Niemand außer Bondar.

14

Auszüge aus dem Verhörprotokoll:
Josif Bondar

Babbel: Herr Bondar, haben Sie gewusst, dass Anna Hiller über 40 Millionen Euro verfügt?
Bondar: Ja. Pechstein hat es mir mitgeteilt.
Babbel: Wie sieht Ihre finanzielle Situation aus?
Bondar: Ich beklage mich nicht.
Babbel: Wir haben festgestellt, dass Sie mit den Mietzahlungen im Rückstand sind und Ihr Konto seit Monaten überziehen.
Bondar: Das stimmt.
Babbel: Seit wann kennen Sie Anna Hiller?
Bondar: Seit Mai. Ich hatte einen Auftrag von Pechstein, eine DNA-Probe von ihrem Sohn zu besorgen. Pechstein wollte wissen, ob Max wirklich sein Enkelkind ist.
Wendel: Wie haben Sie die Aufgabe gelöst?
Bondar: Ich habe Anna und Max kennengelernt und Max' Schnuller gegen einen Keks getauscht.

15

Silvia besuchte Josif im Gefängnis. Als sie ihn sah, abgemagert, mit grauem Bart, dunklen Ringen unter den Augen, musste sie um Fassung ringen. Sie saßen sich an einem Tisch gegenüber. Ein älterer Anstaltsbeamter mit Kaiser-Wilhelm-Schnurrbart saß am Nebentisch und überwachte das Gespräch. Silvia brachte gute Nachrichten mit: Die Espressomaschine, die zwischenzeitlich außer Betrieb gewesen war, funktionierte wieder.

»Ich musste sie nur entkalken, und jetzt läuft er durch wie immer.«

»Da haben wir ja Glück gehabt.«

»Ja. Und noch eine gute Nachricht: Çoban hat den Mietvertrag um zwei Monate verlängert. Wir können da erst mal bleiben.«

Dann brach Silvia in Tränen aus:

»Ich bin an allem schuld, weil ich nicht da war. Wenn ich nicht nach Paderborn zur Demo gefahren wäre, hätte ich das verhindern können.«

Zum ersten Mal sah Josif Silvia weinen. Er versuchte sie zu trösten:

»Dich trifft überhaupt keine Schuld, Silvia. Du hast für eine gute Sache gekämpft. Irgendjemand muss sich ja für das Schweinerecht einsetzen. Schweine sind ja auch … äh, Schweine eben. Man sollte sie anständig behandeln.«

Doch Silvia war untröstlich. Sie schluchzte immer heftiger:

»Josif, du bist mir doch wichtiger als jedes Schwein der Welt.«

»Danke Silvia, ich hab dich auch lieb.«

Der mitfühlende Beamte reichte ihr ein Taschentuch.

Silvia trocknete ihre Tränen, putzte sich die Nase und unternahm einen nicht ganz gelungenen Versuch, zu lächeln:

»Glaubst du, dass du bald hier rauskommst?«

»Ganz sicher. Entweder auf eigenen Beinen oder mit den Füßen zuerst. Lange bleibe ich hier nicht. Was heißt ›Gefängnis‹ auf Owajamajisch?«

»Naturvölker des Amazonas kennen keine Gefängnisse, Josif.«

»Wenn es hier keine Gefängnisse gäbe, hätten wir ganz schön viele Arbeitslose, nicht wahr?«, Josif schaute zu dem Anstaltsbeamten hinüber.

Doch der fühlte sich nicht angesprochen.

»Und noch etwas, Josif, ich bin aus dem Studentenwohnheim geflogen. Stört es dich, wenn ich, bis ich was anderes gefunden habe, bei dir bleibe?«

»Nein, das stört mich überhaupt nicht. Im Gegenteil, es ist ein gutes Gefühl zu wissen, dass jemand die Blumen gießt.«

»Welche Blumen?!«

»Hast du noch keine gepflanzt?«

»Nein, aber es ist eine gute Idee. Welche Pflanzen magst du am liebsten?«

»Birken im Schnee.«

VI

1

Dezernatsleiter Wagner hatte Judith in sein Büro bestellt, um ihr mitzuteilen, dass sie den Fall Hiller wegen möglicher Befangenheit abgeben müsse.

»Da es sich ja wohl nicht um einen Lebenspartner handelt, sondern, sagen wir mal, um einen Bekannten, möchte ich vom Vorwurf des Dienstvergehens absehen und kein Disziplinarverfahren gegen Sie einleiten. Voraussetzung dafür ist allerdings, dass Sie von sich aus unverzüglich den Antrag auf Entbindung von den Ermittlungen im Mordfall Anna Hiller wegen Gefahr der Befangenheit stellen. Am kommenden Montag könnten Sie dann die Übergabe machen.«

Zurück im Büro, rief Judith Jan an. Er war gerade in Ratingen im »Harem« und befragte das Personal – alles ausschließlich Damen und Herren aus der ehemaligen UdSSR – nach einem »Ruslan aus Omsk«.

»Jan, ich würde mich gerne mit dir treffen.«

»Bin in 90 Minuten in Köln.«

»Kennst du das Eiscafé ›Romeo und Julia‹ am Brüsseler Platz?«

»Nein, aber ich werde es finden.«

Judith schrieb den Antrag, gab ihn beim Dezernatsleiter ab und fuhr nach Hause. Nachdem sie geduscht hatte, zog sie ihr hellblaues Sommerkleid an. Sie hatte in den letzten Wochen vier Kilo abgenommen und konnte es mit gutem Gewissen wieder tragen.

Im »Romeo und Julia« setzte sie sich nach draußen und bestellte frische Erdbeeren mit Eis und Sahne. Von ihrem Tisch aus hatte sie den Blick auf die Kirche St. Michael und den kleinen Platz davor. Sie beobachtete, wie ein kleiner Junge, vielleicht zwei Jahre alt, auf die zahlreichen Tauben losrannte, mit den Beinchen stampfte und in die Hände klatschte, bis ein oder zwei Vögel – für Judith ein Symbol für Frieden und Stadtverkotung – davonflogen. Ein Mädchen im gleichen Alter schaute zu. Sie traute sich nicht, mitzulaufen, und hielt sich am Bein der Mutter fest. Klatschte aber auch in die Hände und freute sich mit dem Jungen, wenn er erfolgreich war.

Jan kam pünktlich.

»Stell dir vor, im ›Harem‹ kennt niemand einen Ruslan.«

Er bestellte einen Eiskaffee.

»Wie geht es dir, Jan?«

Judith versuchte, freundlich zu sein, doch die Frage klang eher bedrohlich.

»Alles gut. Wieso fragst du?«

»Am Montag gebe ich den Fall ab. Wegen möglicher Befangenheit.«

Jan schwieg.

»Ich vermute mal, dass du das dem Chef gesteckt hast.«

»Judith, du hast mir selbst von deinem Verhältnis mit Bondar erzählt. Es wäre eine Dienstpflichtverletzung gewesen, wenn ich diese Tatsache verschwiegen hätte.«

Die Kellnerin brachte den Eiskaffee.

»Denkst du, dass Bondar der Mörder ist?«

»Alle Fakten sprechen gegen ihn. Ich verstehe, dass es nicht einfach ist für dich, aber …«

Judith unterbrach ihn:

»Du glaubst also nicht, dass Pechstein dahinterstecken könnte?«

»Glaubst du etwa, dass ein Mann, der eine halbe Milliarde Euro schwer ist, es nötig hat, wegen ein paar Millionen die Mutter seines Enkelkindes umbringen zu lassen?«

Jans Handy klingelte. Er ging dran.

»Ja … Ich weiß, dass du es bist, wie war es denn? … Jaaahhh!!!« Jan sprang auf.

»Du Süße, bin in 20 Minuten bei dir.«

Er legte auf und strahlte Judith an:

»Positiv! Schwanger, wir sind schwanger!«

Er legte zehn Euro auf den Tisch.

»Entschuldige, ich muss jetzt weg. Ich lade dich ein. Bis Montag.«

»Jan, weißt du zufällig, wer den Fall übernimmt?«

»Ja, ich«, sagte er im Weggehen. Sein Auto stand hinter der Kirche. Er rannte über den kleinen Platz. Mit einem lauten Karateschrei scheuchte er alle Tauben in die Luft. Das kleine Mädchen erschrak und fing an zu weinen. Der Junge dagegen schaute ihn bewundernd an.

2

Judith war ins Gefängnis gefahren und hatte Josif in den Verhörraum bringen lassen. Dort saß er am Tisch, sie stand am kleinen vergitterten Fenster und schaute hinaus.

»Am Montag werde ich den Fall wegen möglicher Befangenheit abgeben. Ich habe mich für sechs Monate beurlauben lassen. Jan Babbel wird die Ermittlungen weiterführen. Er ist ein fähiger Kollege. Ich denke …«

Judith verstummte, kämpfte mit den Tränen. Nach einer Weile sagte Josif:

»Judith, wir brauchen uns doch nichts vorzumachen.«

Seine Stimme klang ruhig und gefasst. Judith schaute ihn an.

»Ich habe die Presse, einen Großindustriellen und die russische Mafia gegen mich, stimmt's?«

Judith nickte.

»Jurijs Männer haben gute Arbeit geleistet, keine Fingerabdrücke, keine Zeugen, fehlerfrei. Stimmt's?«

Judith nickte.

»Wie ich schon mehrmals gesagt habe, meine Unschuld lässt sich nicht beweisen.«

Judith sah Josif an und sagte nichts.

»Gut«, sagte Josif und stand auf, »dann ist der Fall erledigt.«

Judith versuchte, Haltung zu bewahren. Doch die Tränen, diese feindlichen Soldaten, besetzten ihre Augen, vernichteten die Wimperntusche und flossen wie graue Bäche nach einem Erdrutsch an ihrem verzweifelten Gesicht herunter:

»Kann man denn wirklich nichts mehr machen, Josif?«

Josif sah sie lange an.

»Man könnte schon noch was machen.«

»Was denn?«

»Hast du einen Zettel und einen Stift?«

Josif machte eine kleine Augenbewegung Richtung Gegensprechanlage, wo er ein Abhörgerät vermutete.

Judith wischte den Erdrutsch von ihrem Gesicht, holte aus der Tasche ein Notizbuch mit darin steckendem Kugelschreiber und reichte es Josif. Josif setzte sich wieder an den Tisch, riss einen Zettel heraus, schrieb ihn auf beiden Seiten voll und gab ihn Judith. Sie las ihn aufmerksam durch, überlegte, schüttelte den Kopf:

»Das kann ich nicht machen, Josif.« Wie ein schmutziges Taschentuch hielt sie den Zettel in der Hand. »Ich kann nicht gegen meine Überzeugung handeln. Der Zweck heiligt nicht die Mittel. Man kann nicht Gewalt und Betrug mit Betrug und Gewalt bekämpfen.«

Josif nahm ihr den Zettel ab und steckte ihn in den Mund.

»Du willst ein Boxer sein, Judith, der einen Kampf gewinnt, ohne zuzuschlagen. Du kannst nicht das Böse besiegen wie in einem Kinderbuch. Das geht nicht. Die Realität ist anders.«

»Ich kann schon zuschlagen, Josif, aber nach geltenden fairen Regeln.«

»Du kannst nicht mit fairen Regeln gewinnen, wenn dein Gegner Metallplatten in den Handschuhen hat und unter die Gürtellinie schlägt. Dann ist es besser für dich, erst gar nicht in den Ring zu steigen.«

Den Zettel ließ er wie eine Hostie im Mund einweichen und schluckte ihn hinunter.

3

In dieser Nacht hatte Josif einen Traum.

Judith holt ihn im Gefängnis aus seiner Zelle zum Verhör ab.

»Ich muss mal, kannst du mir die Handschellen abmachen?«

»Natürlich, du läufst mir nicht weg, mit meinem Zopf erreiche ich dich überall.«

Das Fenster in der Toilette steht weit offen. Josif klettert hinaus und ist mitten in der Stadt. Ahmet wartet mit dem Taxi auf ihn:

»Salam alaikum, Josif! Ich habe dir eine frische Unterhose, Dorschleber und deinen alten sowjetischen Pass mitgebracht.«

»Danke Ahmet, fährst du mich zum Flughafen?«

»Klar, wo fliegst du hin?«

»Nach Brasilien zu den Owajamaja-Indianern.«

»Sie heißen Yanomami, Josif. Übrigens, im Handschuhfach ist eine Wasserpfeife, mach es dir gemütlich.«

»Krass! Die letzte Wasserpfeife habe ich in Afghanistan geraucht.«

Josif öffnet das Handschuhfach, das die Größe einer Kommode hat, und holt die Wasserpfeife heraus.

»Das ist die, die du geraucht hast, Josif.«

»Wo hast du sie her?«

»Das ist deine. Die hast du immer bei dir. Hast du es vergessen?«

Sie sind jetzt am Flughafen angekommen.

»Von welchem Terminal fliegst du ab, Josif?«

»Von Terminal F für Flüchtlinge.«

»Das ist gut, dafür brauchst du kein Visum.«

Josif läuft auf einer Rolltreppe nach oben. Doch die Rolltreppe fährt nach unten. Er muss rennen und tritt doch nur auf der Stelle. Hinter einer Glaswand steht Ahmet mit der Wasserpfeife in der Hand und ruft etwas, das Josif nicht hören kann. Josif zeigt ihm mit einer Geste, dass er nichts hört. Daraufhin verwandelt Ahmet die Wasserpfeife in eine Spraydose. Die Dose ist mit Blut gefüllt. Josif kann das Etikett lesen: »Das Blut der gefallenen Helden. Für Freiheit und Vaterland«. Ahmet sprüht mit Blut an die Glaswand: »Du hast dein Souvenir, die Wasserpfeife, vergessen«.

»Ich will sie nicht haben!«, schreit Josif. »Ich habe kein Vaterland! Ich muss zum Terminal F für Flüchtlinge. Das ist alles eine Lüge, Ahmet, eine Lüge! Es gibt keinen Tod für Freiheit und Vaterland! Niemand stirbt für Jesus oder Mohammed! Man stirbt nur für die Würmer! Nur für die Würmer! Die Menschheit ist hoffnungslos krank, Ahmet, durchseucht mit Angst und Misstrauen, unheilbar süchtig. Geltungssüchtig, herrschsüchtig, machtsüchtig. Wir sind ein Fehler der Evolution! Deswegen muss ich zum Terminal F!«

Jetzt erst merkt Josif, dass seine Schreie tonlos sind und niemand ihn hört. Er rennt immer noch gegen die Fahrtrichtung, seine Kräfte schwinden. Er entscheidet sich, umzudrehen, und fährt mit der Rolltreppe nach unten. Die Rolltreppe scheint unendlich zu sein. Die Geschwindigkeit nimmt zu. Die Rolltreppe fährt nicht, sie fliegt nach unten. Josif hört eine Durchsage: »Achtung, Achtung! Terminal F schließt in 30 Sekunden«. Josif bekommt eine Panikattacke. Sein Herz schlägt die Sekunden 18, 17, 16, … 3, 2, 1.

In letzter Sekunde fährt die Rolltreppe direkt in ein Flugzeug hinein. Der Kapitän, der die Uniform eines sowjetischen Generals trägt, begrüßt ihn: »Willkommen an Bord, Genosse Nazaretko«, und schließt die Tür.

»Ich bin nicht Nazaretko, ich bin nicht Nazaretko! Ich bin Bondar!«

»Genosse, die Partei und die Organisation wissen besser, wer du bist. Setz dich bitte und schnall dich an.« Der Kapitän verschwindet im Cockpit. Das Flugzeug ist leer. Josif ist der einzige Passagier. Er setzt sich ans Fenster, Platz 13 F, und schnallt sich an. Plötzlich taucht Çoban auf:

»Was glauben Sie, wer Sie sind! Das ist mein Platz!«

Josif will aufstehen, doch der Gurt lässt sich nicht öffnen.

Çoban setzt sich neben ihn:

»Spätestens auf Wolke fünf, zwei Wolken vor Mohammed, will ich meinen Platz haben.«

Eine nackte Stewardess verteilt Getränke. Josif greift nach einem O-Saft.

»Tut mir leid, Orangensaft ist nur für A-, B- und C-Passagiere. Für F-Gäste mit sowjetischem Pass gibt es später Tomatensaft mit dem Blut der Arbeiter-und-Bauern-Klasse.«

»Bitte kein Blut mehr, kein Blut!«, fleht Josif. Die Stewardess beugt sich über ihn. Jetzt erkennt er Silvia. Sie flüstert ihm zu:

»Keine Angst, Josif. Das ist Bioblut aus dem indischen Gandhi-Baum. 100 Prozent vegan.«

Das Flugzeug rollt an und wird immer schneller. Ein Gefühl der Glückseligkeit breitet sich in Josifs Körper aus. Aus den Lautsprechern ertönt die sowjetische Hymne. Çoban rollt im Gang einen Teppich aus und fängt an zu beten. Auf einmal stoppt das Flugzeug abrupt. Eine Polizistin erscheint im Gang:

»Flüchtling Bondar, Sie sind festgenommen!«

Die Stimme kommt Josif bekannt vor. Er begreift, das ist Judith in Uniform. Sie verlassen das Flugzeug über eine Notrutsche. Josif merkt, dass ihm das Rutschen Spaß macht, und wundert sich, dass er seit seiner Kindheit nicht mehr gerutscht ist. Die Rutsche endet im Polizeiwagen. Es ist ein pinkfarbener Lamborghini. Das Auto fährt los. Vorn sitzt Jurij. Seine Hände sind mit KGB-Handschellen ans Lenkrad gefesselt. Um den Hals trägt er ein Hundehalsband, das mit einer Kette am Schaltgriff befestigt ist. Zum Schalten muss er seinen Hals und seinen Oberkörper schlangenartig wie eine indische Tänzerin bewegen.

Er hat ein rotes Kleid an. Jurij beginnt seine Lebensgeschichte zu erzählen:

»In meinem anderen Leben war ich eine Primaballerina am Bolschoi-Theater, das wissen aber die wenigsten. Der KGB hat mich da reingeschleust …«

Heidi, die neben ihm sitzt, zischt ihn an:

»Ruhe, du kaputter sowjetischer Panzer! Noch ein Wort und ich ziehe dir das Stöckchen aus dem Popo!«

Jurij verstummt.

Judith sitzt neben Josif. Ihr fünf Meter langer Zopf hat sich wie eine Liane um ihn geschlungen. Josif genießt die Wärme ihres Körpers.

»Wo fahren wir hin, Judith?«

»Wir fahren zur Hinrichtung, Josif. Wir sind das Exekutionskomitee.«

»Wer wird hingerichtet?«

Judith spricht mit Duktus und Pathos einer kommunistischen Funktionärin bei einer Parteiversammlung:

»Feiglinge, die eine pathologische Angst haben, dem Leben zu vertrauen.

Geizhälse, die ihren Weltschmerz und ihre Panikattacken nicht abgeben wollen.

Ignoranten, die nicht begreifen, dass das Leben kein Kartenspiel ist, sondern ein Geschenk.«

Jurij schlägt dreimal mit dem Kopf auf die Hupe. Die Hupe tutet wie ein Schiffshorn.

»Josif Bondar ist in allen drei Punkten schuldig gesprochen!«, singt jetzt Judith mit tiefer Stimme wie ein Pope in der orthodoxen Kirche und bekreuzigt Josif. Das Bekreuzigen geht in Streicheln über. Gleichzeitig kommen ihre Lippen den seinen immer näher. Er spürt ihren Atem, der ungewohnt nach Zigaretten riecht, öffnet den Mund zum Küssen … und macht die Augen auf.

Der Kaiser-Wilhelm-Schnurrbart-Beamte beugte sich über Josif und schüttelte ihn heftig:

»6.10 Uhr. Aufstehen. Hast den Gong nicht gehört? Dachte schon, du bist zu Petrus abgehauen.«

4

Am Samstag stand Judith um sieben Uhr auf und setzte sich mit einem Milchkaffee auf den Balkon. Es war angenehm kühl. In der Nacht hatte es endlich geregnet, und das Wasser hatte den Staub, den Dreck, die drückende Schwüle der letzten Wochen weggewaschen. Judith fiel auf, dass die Bäume bereits begonnen hatten, sich gelb zu verfärben. Auf einmal roch es nach Herbst.

Judith war ausgeschlafen und fühlte sich frisch und klar.

Sie fuhr ins Büro, öffnete ein Fenster und schaute aus dem achten Stock hinab auf die Stadt. Übermorgen, am Montag, sollte sie wohl für mindestens ein halbes Jahr ihren letzten Arbeitstag haben. Sie wunderte sich, dass der Gedanke daran bei ihr keinerlei Trennungsschmerz verursachte.

Sie rief Pechstein an:

»Wendel, Mordkommission. Herr Pechstein, am Montag gehe ich in Urlaub und übergebe den Fall Hiller an die Kollegen. Bei der Sichtung der Unterlagen habe ich leider feststellen müssen, dass Ihre Zeugenaussage nicht unterschrieben wurde. Hätten Sie morgen Zeit, kurz in mein Büro zu kommen? Ich kann Sie auch gerne abholen lassen.«

Am anderen Ende der Leitung hörte sie Pechsteins genervtes Ausatmen.

»Lässt sich das nicht vermeiden?«

»Leider nicht. Der Fall kann ohne Ihre Unterschrift nicht abgeschlossen werden.«

»Ich komme morgen um elf Uhr. Auf Wiederhören.«

Dann rief Judith im Gefängnis an.

»Wendel hier. Können Sie bitte Josif Bondar morgen um 10.30 Uhr zu mir ins Präsidium zum Verhör überführen? Danke.«

5

Pünktlich um elf klopfte Pechstein an die Tür und trat ein. Judith gab ihm die Hand und begleitete ihn zum Schreibtisch von Jan.

»Setzen Sie sich bitte. Ihre Aussage habe ich bereits ausgedruckt. Sie liegt auf dem Tisch, Sie brauchen nur zu unterschreiben.«

Judith trat hinter ihren gegenüberstehenden Tisch und stellte sich neben den Drehstuhl, der mit der hohen Rückenlehne zum Tisch gedreht war.

»Lesen Sie bitte laut vor, Herr Pechstein, ob das Geständnis in Ihrem Sinne ist!«

Pechstein nahm das Blatt in die Hand und las vor:

»Ich, Hans Pechstein, lege heute ein Geständnis ab. Der Mord an Anna Hiller ist in meinem Auftrag ausgeführt worden ... Was soll der Unsinn?!«

Pechstein schaute zu Judith hoch und bemerkte erst jetzt, dass sie ein Holster mit ihrer Dienstwaffe trug.

In diesem Augenblick drehte sich Judiths Stuhl und Josif, der sich auf dem Stuhl klein gemacht hatte, nahm Judith in aller Ruhe die Dienstwaffe aus dem Holster und richtete sie auf Pechstein.

»Warte, Josif!« Judith schob seine Hand zur Seite. »Vielleicht unterschreibt er ja.«

Pechstein blieb vollkommen gelassen:

»Was soll dieses Theater, Frau Wendel?«

»Das ist kein Theater, Herr Pechstein. Sie haben Anna Hiller umbringen lassen. Und jetzt behaupte ich, dass Sie soeben ein Geständnis abgelegt haben. Als der zu Unrecht verdächtigte Herr Bondar gehört hat, wie hinterhältig er hereingelegt wurde, hat er die Nerven verloren, mich überwältigt, die Waffe entwendet und Sie erschossen, noch bevor Sie unterschrieben haben. Ein Mord im Affekt. Ein zu Unrecht Verdächtigter tötet einen gemeinen Mörder, der ihn zuvor in eine Falle gelockt und seine Existenz zerstört hat. Ohne Vorstrafen und mit einem guten Anwalt bekommt Bondar zwei bis drei Jahre oder kommt sogar auf Bewährung frei.

Wenn er Sie nicht erschießt, bekommt er lebenslänglich für ein Verbrechen, das er nicht begangen hat. Er hat keine andere Wahl, als Sie umzubringen. Es sei denn«, Judith schaute Josif an, »er möchte das Gebot ›Du sollst nicht töten‹ nicht brechen.«

»Um ehrlich zu sein, Judith, ich erschieße ihn gern.«

Pechstein schielte zur Tür, um die Entfernung abzuschätzen. Er wog drei Möglichkeiten ab: Flucht, um Hilfe rufen oder auf Zeit spielen. Als hätte Judith seine Gedanken gelesen, ging sie zur Tür und schloss ab. Den Schlüssel steckte sie in Josifs Hosentasche.

»Heute ist Sonntag, Herr Pechstein, hier kommt niemand rein. Die Vollzugsbeamten, die Bondar abholen sollen, habe ich um 12.30 Uhr bestellt.«

»Mit diesem billigen Trick kommen Sie nicht durch, Frau Wendel.« Pechstein hatte sich entschieden, auf Zeit zu spielen. »Sie wandern ins Gefängnis.«

»Nein, Herr Pechstein. Ich bekomme drei Disziplinarverfahren. Drei Fehler sind mir unterlaufen. Ich hätte Sie nicht in einem Raum mit Bondar zusammenbringen dürfen. Ich habe mich überwältigen und mir die Waffe entreißen lassen. Ich habe vergessen, das Diktiergerät und die Kamera einzuschalten. Im ungünstigsten Fall werde ich degradiert und in die Provinz versetzt.«

»Danke für die ausführliche Einführung in das Beamtenrecht, Judith. Mir reicht es jetzt.« Bondar entsicherte die Pistole.

»Warte, Josif, vielleicht unterschreibt er ja.«

»Okay, 30 Sekunden«, sagte Josif.

Judith schaute auf die Uhr:

»… noch 20 … 15 … 10 … 5, 4, 3, 2 …«

»Gut, ich lege ein Geständnis ab.« Pechstein sah Judith an und lächelte. »Weil ich nicht von einem nichtsnutzigen sowjetischen Kommunisten erschossen werden möchte – mein Vater würde sich im Grab umdrehen –, aber nur unter einer Bedingung: Ich möchte noch als freier Mann nach Hause fahren und mich dort von meiner Frau verabschieden. Ich gebe Ihnen mein Wort, dass ich keinen Fluchtversuch unternehmen werde.«

Judith überlegte kurz:

»Ich bin einverstanden. Sie legen ein schriftliches Geständnis ab und unterschreiben es. Danach fahre ich Sie nach Hause, Sie verabschieden sich, und ich bringe Sie wieder zurück.«

Pechstein nickte:

»Dann schalten Sie das Diktiergerät ein.«

6

Judith schloss Pechstein im Büro ein, während sie Bondar im Flur den Vollzugsbeamten übergab. Bis zum richterlichen Beschluss über seine Freilassung würde Josif noch in U-Haft bleiben müssen.

Dann holte sie Pechstein ab. Sie gingen zum Aufzug und fuhren in die Tiefgarage.

»Wären Sie damit einverstanden, wenn wir mit meinem Auto fahren?«

Judith war einverstanden. Sie setzte sich nach hinten auf die rechte Seite und schnallte sich an. Pechstein fuhr Richtung Autobahn. Am Sonntag wäre der Weg durch die Stadt schneller und kürzer gewesen.

»Warum fahren Sie nicht über die Severinsbrücke?«

»Weil ich das nicht möchte. Überlassen Sie bitte mir die Freiheit, den Weg auszusuchen.« Er fuhr auf die Autobahn und begann zu beschleunigen. 120 km ... 140 ... 160 ...

Auf einmal fühlte sich Judith Pechstein ausgeliefert und in seinem schwarzen BMW X6M wie in einem Katafalk gefangen. Unauffällig öffnete sie das Holster und nahm ihre Pistole in die Hand.

»Stecken Sie die Waffe wieder ein. Ich habe Ihnen mein Wort gegeben, keinen Fluchtversuch zu unternehmen.«

Judith gehorchte.

»Haben Sie etwas dagegen, wenn ich Musik anmache?«

»Nein.«

Pechstein schaltete den CD-Player an. Die 9. Sinfonie von Beethoven ertönte aus etlichen Boxen.

Pechstein beschleunigte weiter. 180 km ... 200 ... 220.

»Auf dem Kölner Ring sind nur 100 erlaubt«, sagte Judith und begriff sofort, wie lächerlich das klang. 240 ... 260.

»Es steht Ihnen frei, eine Anzeige gegen mich wegen Geschwindigkeitsüberschreitung zu erstatten, Frau Wendel.«

Kurz vor dem Bonner Verteiler bremste Pechstein scharf, wechselte auf die rechte Spur und fuhr von der Autobahn ab. Durch das Villenviertel Marienburg bis zu seinem Haus fuhr er die vorgeschriebenen 30 Kilometer pro Stunde. Das Tor öffnete sich automatisch, der Wagen fuhr über einen geschwungenen Kiesweg auf das Haus zu und blieb vor dem Eingang stehen. Sie stiegen aus.

In einiger Entfernung sah Judith vor dem Brunnen mit den Löwenköpfen Frau Pechstein im Rollstuhl sitzen. Hinter dem Rollstuhl stand ihre Pflegerin, eine junge dunkelhäutige Frau. Eine Bulldogge lief gemächlich auf Pechstein zu, begrüßte ihn freudig und schnüffelte gleichgültig an Judith.

»Warten Sie bitte hier auf mich.«

Pechstein ging hinüber zu seiner Frau und sagte etwas. Aus dieser Entfernung konnte Judith kein Wort verstehen. Dann beugte er sich zu ihr hinunter, küsste sie auf die Wange, streichelte und küsste ihre Hand. Schließlich wandte er sich ab und ging ins Haus. Der Hund folgte ihm.

Ein starker, fast stürmischer Windstoß wirbelte Staub und Blätter auf. Auf einmal schien die Mittagssonne durch eine Wolkenlücke und blendete Judith.

Sie spürte plötzlich, dass sie einen Fehler gemacht hatte. Es war kein ausgereifter Gedanke, sondern nur eine Vorahnung. Sekunden später sah sie Pechstein mit einem Revolver in der Hand auf sich zukommen. Judith überlegte hektisch, ob sie ihre Pistole ziehen sollte. Doch die neuen Holster waren zu umständlich, sie hätte keine Chance gehabt, ihm zuvorzukommen. Pechstein blieb vor ihr stehen und lächelte sie an:

»Tut mir leid, Frau Wendel. Ich habe Sie hereingelegt. Ich werde nicht mit Ihnen zurückfahren.«

Er hob die Hand mit der Waffe und schoss sich in den Kopf.

Die dunkelhäutige Pflegerin schrie auf.

Frau Pechstein zeigte keine Reaktion.

Die Bulldogge legte sich neben Pechstein und leckte das Blut von seinem Gesicht.

7

Aus dem Geständnis von Hans Pechstein

Ich möchte ein vollständiges Geständnis ablegen. Ich werde mich zuerst zum Tathergang und dann zu meinen Motiven äußern.

Ich habe den Mord an Anna Hiller bei Jurij Golub in Auftrag gegeben und mit ihm zusammen geplant. Am 4. Juli um kurz nach elf Uhr kam ich zu Anna Hiller, um mein Enkelkind Max abzuholen. Als ich um 11.30 Uhr die Wohnung mit Max verließ, wartete der Killer bereits vor der Tür und gelangte so ungehindert in die Wohnung. Den Killer habe ich da im Treppenhaus zum ersten Mal gesehen. Ich weiß von Golub nur, dass er Russe ist und Ruslan heißt. Danach scheint alles nach Plan gelaufen zu sein. Ruslan zwang Anna Hiller, bei

Bondar anzurufen und ihn um Hilfe zu bitten. Die anderen Mitarbeiter von Golub hatten die Aufgabe, Bondar in die Wohnung zu bringen. Kurz zuvor hatte ich einen Termin bei Bondar. Somit war sichergestellt, dass er zu Hause war. In der Wohnung von Hiller wurde Bondar, genauso wie Hiller zuvor, mit einem Narkosemittel bewusstlos gemacht. Dieser Stoff wurde extra für den russischen Geheimdienst entwickelt und ist nach 30 Minuten im Blut nicht mehr nachweisbar. Danach erschoss Ruslan Anna und legte Bondar die Waffe in die Hand. Für die Planung und die Durchführung der Tat hatte ich mit Golub 5 Prozent der Gesamtsumme ausgemacht, also zwei Millionen Euro.

Und nun zu den Motiven. Ich möchte klarstellen, dass das Geld für mich zweitrangig war. Mir ging es vor allem um das Wohl meiner Frau und meines Enkelkindes. Ich war mit der Lebensführung und den alternativen Erziehungsmethoden von Anna Hiller nicht einverstanden. Sie hatte auch meinen Vorschlag abgelehnt, mit Max in mein Haus umzuziehen, hatte es mir verweigert, das Kind mehr als ein Mal in der Woche zu sehen.

Meine Frau und ich hätten dem Kind ein besseres Leben bieten können.

Mit der Erziehung von Max hätte meine Frau einen neuen Lebenssinn bekommen. Sie ist seit dem 8. Juni 1985 – an dem Tag feierte sie ihren 25. Geburtstag – querschnittsgelähmt, nach einem Verkehrsunfall, den ich wegen zu schnellen Fahrens zu verantworten hatte.

Sie musste ihre Schauspielkarriere aufgeben. Chris-

tian war gerade zwei Jahre alt. Seit dem Unfall war das Kind ihre einzige Freude, ihr einziger Lebensinhalt. Auch nachdem ich den Kontakt zu Christian wegen seiner homosexuellen Beziehung abgebrochen hatte, sah meine Frau ihn mehrmals in der Woche, telefonierte täglich mit ihm. Nach Christians Tod vor vier Monaten erkrankte meine Frau an einer schweren Depression, sie hat zwei Suizidversuche unternommen. Erst seit sie von der Existenz ihres Enkelkindes erfuhr, ging es ihr wieder besser. Sie freute sich auf das eine Mal in der Woche, wenn Max zu uns durfte – mehr Kontakt hat seine Mutter, wie gesagt, nicht zugelassen.
An dieser Stelle möchte ich noch erwähnen, dass ich indirekt auch für den Tod von Christian verantwortlich bin. Ich habe Sandini angeboten, das Grundstück zu kaufen, wenn darauf kein denkmalgeschütztes Haus mehr stehen würde. Die Brandstiftung hätten die Leute von Jurij durchführen können. Doch Sandini war zu geizig, vielleicht auch zu ehrgeizig, und wollte die Sache alleine durchziehen. Auch wenn Christians Tod ein Unfall war, trage ich die moralische Verantwortung mit. Ich wollte den Fehler wiedergutmachen und dem Leben meiner Frau einen Sinn geben, indem ich Max zu uns nach Hause hole.

8

Am Montagabend rief Judith Josif an.

»Die Entlassungsurkunde ist fertig, kann aber erst Dienstag vom Staatsanwalt unterschrieben werden.«

»Danke. Du hast dein Wort gehalten und mich mit deinem Zopf aus dem Turm geholt.«

»Bist du sicher, dass ich nicht die böse Hexe bin?«

»Ganz sicher. Du bist ein Teil von jener Kraft, die stets das Gute will und nur das Gute schafft. Du hast den Königssohn von seiner Blindheit erlöst und seine Wanderschaft beendet. Was würdest du sagen, wenn er um deine Hand anhalten würde?«

»Erstens würde ich sagen, dass du aus einem Land kommst, wo die Monarchie längst abgeschafft wurde, also bist du definitiv kein Prinz. Und zweitens würde ich sagen, dass du mir so viel bedeutest, dass ich keinen Grund darin sehe, meine Gefühle von einem Staatsbeamten abstempeln zu lassen.«

»Judith, du bist unromantisch.«

»Ja, unromantisch und humorlos. Ich habe zu viel erlebt in der letzten Zeit. Ab nächster Woche bin ich beurlaubt und will für ein halbes Jahr auf Reisen gehen.«

»Mit einem Campingbus nach Indien?«

»Keine schlechte Idee. Kommst du mit?«

»Ja.«

9

Bondar wurde am Dienstagnachmittag aus der U-Haft entlassen. Judith hätte ihn gern abgeholt, musste aber im Präsidium bleiben. Wegen des Selbstmordes von Pechstein wurde ein Disziplinarverfahren gegen sie eingeleitet. Nach seinem Geständnis hätte sie ihn sofort festnehmen müssen. Die Unterredung mit dem Dezernatsleiter zog sich hin.

Außerdem stand noch die formale Übergabe des Falls an Jan Babbel auf dem Programm. Judith hatte bereits alle Unterlagen vorbereitet, doch Jan war im Dauereinsatz.

Vier Stunden hatte er Jurij Golub verhört. Wie erwartet stritt Jurij jede Beteiligung am Mordfall Anna Hiller ab. Handfeste Beweise gegen ihn lagen nicht vor, und Pechstein, der einzige Zeuge, der ihn belastet hatte, war tot. Jan musste Jurij erst mal gehen lassen.

Sergej und Wladimir, die Bodyguards von Jurij, waren untergetaucht.

Ahmet holte Josif aus dem Gefängnis ab und brachte ihn nach Hause. Vor der Tür wartete bereits Herr Pozky höchstpersönlich auf ihn, Chefredakteur der Boulevardzeitung *Kölner Kurier*. Am Montag hatte er – durch welche Kanäle auch immer – noch vor der öffentlichen Polizeimitteilung von Pechsteins Selbstmord und Bondars Unschuld erfahren. Direkt danach hatte er Josif im Gefängnis kontaktiert und ihm Geld für die Exklusivrechte an seiner Geschichte angeboten.

Jetzt wollte er mit Josif die Einzelheiten besprechen. Sie setzten sich in eine Teestube. Pozky bestellte einen Kakao und Josif einen Tee.

»Herr Bondar, ich komme gleich zur Sache. Ich biete Ihnen 2000 Euro für die Exklusivrechte an Ihrer Geschichte.«

»Danke, Herr Pozky, ich fühle mich geehrt. Schreiben Sie über mich! Es gibt allerdings drei weitere Zeitungen und ein Wochenmagazin, die auch gerne über mich berichten würden.«

Eine junge Türkin mit Kopftuch brachte die Getränke.

»Gut, Herr Bondar, ich biete Ihnen 3000.«

Josif rührte drei Löffel Zucker in den Tee.

»Hier gibt es den besten türkischen Tee in ganz Köln, Herr Pozky.«

»Ich mag keinen Tee«, erwiderte Pozky.

»Für die Exklusivrechte hätte ich gerne 20000 Euro«, sagte Josif.

»4000 und keinen Cent mehr! Bitte zahlen!« Pozky wirkte entschlossen.

»Wir können uns meinetwegen auf 18000 einigen«, sagte Josif.

»5 ist mein letztes Angebot.«

»17. Und ich biete Ihnen sensationelle Staatsgeheimnisse aus den 80ern aus meiner KGB-Tätigkeit in der DDR.«

Die junge Türkin brachte die Rechnung. 2,80 Euro, auf einen kleinen Zettel mit dem Bleistift gekritzelt.

»Sensationelle Staatsgeheimnisse? Das ist natürlich eine ganz andere Nummer.«

Pozky legte drei Euro auf den Tisch.

»Okay, ich biete Ihnen 10 000, wenn es um die Entführung eines Westdeutschen geht.«

»16 000 für die Unterwanderung der Friedensbewegung an den westfälischen Gymnasien.«

»Nein, ist mir zu dünn. 12 000, mein allerletztes Angebot für die Bespitzelung eines West-Ministers.«

»15 000, und ich erinnere mich an den Atombombentransport von Dresden nach Potsdam, bei dem die Bombe, die von betrunkenen Rotarmisten nachlässig befestigt wurde, vom Lkw fiel und fast eine atomare Katastrophe ausgelöst hätte.«

»Betrunkene Russen und atomare Katastrophe hört sich in Ordnung an. 13.«

»14. Und ich schreibe in einer Kolumne zum Tag der deutschen Einheit, wie verhasst und gefürchtet der *Kölner Kurier* beim KGB war, als Bollwerk für Demokratie, investigativen Journalismus und Pressefreiheit.«

Pozky atmete schwer aus.

»Sie sind ein harter Hund. 14. Meinetwegen. Wir leben schließlich in einem zivilisierten Land und wollen nicht wie auf einem orientalischen Basar handeln.«

Noch in der Teestube unterschrieb Josif den Vertrag und bekam von Pozky 3000 Euro Anzahlung.

Zu Hause wollte Silvia Josif eine Freude machen und war deshalb nicht ganz nackt. Sie hatte seinen Kimono an. Josif kam gleich zur Sache:

»Silvia, ich fahre für ein halbes Jahr weg. Was hältst

du davon, wenn ich dir dein Gehalt im Voraus zahle und du dir dafür ein Ticket nach Brasilien kaufst?«

Josif übergab ihr 3000 Euro. Silvia war sprachlos.

»Und wenn du bis dahin nicht Häuptling der Owajamaja geworden bist, kommst du nach einem halben Jahr zurück und beendest deine Doktorarbeit, okay?«

Silvia nickte und verschwand im Bad, um ihre Tränen vor Josif zu verstecken. Sie wusste selbst nicht, ob sie aus Freude oder Kummer weinte.

10

Am frühen Abend saß Josif in der Küche und spielte Backgammon mit Ahmet.

»Nur eine Partie, Ahmet. Um acht Uhr gehe ich mit Judith essen.«

»Josif, wenn ich verliere, fahre ich dich hin.«

»Und wenn du gewinnst?«

»Dann fahre ich dich auch hin, aber du sagst mir die Wahrheit, wie du das damals mit meinem Taxi hingekriegt hast.«

»Weißt du, Ahmet, manchmal ist es gar nicht gut, so viel zu wissen. Hast du deinen Taxischein wieder?«

»Ja. Er hat die Klage zurückgenommen.«

»Er? Du meinst sie, diese sächsische Blondine?«

»Also, nee …«, Ahmet war dieses Thema sichtlich unangenehm, »sie ist ein er, also er ist ein Transfer, äh …«

»Du meinst ein Transvestit?«

»Ja, genau. Ist mir im Dunkeln nicht aufgefallen. Er ist so ein sächsischer Kabarettist und war als Büttenredner in Köln. Und das mit der Beschneidung sollte ein Witz sein.«

»Ja, manche Witze sollte man besser nicht machen. Wie habt ihr euch denn jetzt geeinigt?«

»Er zieht die Klage zurück, und ich habe mich verpflichtet, beim nächsten Karneval kostenlos fünf Tage für ihn als Privatfahrer Tag und Nacht zur Verfügung zu stehen.«

»Dann pass gut auf dich auf!«

Josif gewann die Partie.

Ich danke meiner Frau Kerstin für ihre großartige Unterstützung.

Tom Hillenbrand. Teufelsfrucht. Ein kulinarischer Krimi.
KiWi 1204

Ein Glas Rivaner, ein Stück Rieslingspastete und bloß nicht zu viel Stress – der Koch Xavier Kieffer führt ein beschauliches Leben in der Luxemburger Unterstadt. Als eines Tages die Leiche eines Gastro-Kritikers in seinem Restaurant liegt, ist es mit der Ruhe vorbei. Kieffer gerät unter Mordverdacht und macht sich auf die Suche nach dem wahren Mörder …

»Dieser Krimi liest sich, wie man eine gute Bouneschlupp schlürft – am liebsten gleich alles auf einmal.« *Lea Linster*